Das Vermächtnis

Ute Holst

Das Vermächtnis

Roman

Bibliografische Information der Deutschen Nationalbibliothek:
Die Deutsche Nationalbibliothek verzeichnet diese Publikation in der
Deutschen Nationalbibliografie; detaillierte bibliografische Daten sind im
Internet über dnb.dnb.de abrufbar.

© 2021 Ute Holst
Umschlaggestaltung: Alexander Holst
Satz, Herstellung und Verlag:
BoD – Books on Demand, Norderstedt
ISBN 978-3-7534-0222-2

Müde und erschöpft kam ich von der Arbeit und öffnete lustlos den Briefkasten. Außer einigen Prospekten fiel mir ein Brief entgegen. Ich konnte es nicht glauben, schon seit Jahren hatte ich keine Post mehr bekommen außer Rechnungen und Mahnungen. Es musste sich um einen Irrtum handeln, wahrscheinlich hatte der Postbote wieder einmal nicht richtig hingesehen. Aber als ich die Adresse überprüfte war jeder Irrtum ausgeschlossen, als Empfänger war mein Name, Erwin Zuckerbein, angegeben. „Notar Klopfstock, den Namen habe ich ja noch nie gehört", sagte ich zu mir, „wie kommt der an meine Adresse?" Der Notar forderte mich auf, mich in einer dringenden Angelegenheit mit ihm in Verbindung zu setzen. Auf meine telefonische Nachfrage bekam ich nur zu hören: „Herr Zuckerbein, es handelt sich um eine Erbschaftsangelegenheit, mehr dürfen wir ihnen am Telefon leider nicht sagen." Nachdem ich einen Termin vereinbart hatte, arbeitete mein Gehirn fieberhaft. Wer sollte mir etwas vererbt haben? Meine Mutter war schon vor Jahren verstorben und zu meinem Vater hatte ich seit gefühlten Ewigkeiten keinen Kontakt mehr. Weitere Verwandte hatte ich meines Wissens nicht, ich konnte mir keinen Reim darauf machen und war neugierig was der Notar mir sagen würde.

Nachdem ich mich bei der Sekretärin ausgewiesen hatte, wurde ich in einen dunkel möblierten Raum geführt. Die Wände waren bis zur Decke mit Bücherregalen bestückt und die Luft war abgestanden und muffig. Hinter einem wuchtigen Schreibtisch saß ein schmächtiges Männchen mit weißem schütterem Haar und streckte mir seine knochige Hand entgegen. „Klopfstock mein Name, bitte nehmen Sie doch Platz, Herr Zuckerbein."

Der Notar wies auf einen Stuhl ihm gegenüber. „Leider muss ich Ihnen die traurige Mitteilung machen, dass Ihr Herr Vater tödlich verunglückt ist. Über die näheren Umstände kann ich keine Angaben machen." Ernst sah er mir ins Gesicht und sagte: „Aber vor einiger Zeit hat Ihr Vater mich aufgesucht und mich gebeten, Ihnen im Falle seines Ablebens dieses Päckchen zu übergeben". Darauf griff er in eine Schublade und schob eine in Packpapier gewickelte und verschnürte Schachtel über den Tisch. Mit den Worten: „Damit ist meine Aufgabe erfüllt, weitere Auskünfte kann ich Ihnen leider nicht erteilen" gab er mir die Hand und öffnete die Tür zum Sekretariat.

Verwirrt und ohne einen klaren Gedanken fassen zu können, trat ich meinen Heimweg an. Zuhause angekommen setzte ich mich mit einer Tasse Kaffee in die Küche und betrachtete nachdenklich den verpackten Gegenstand.

Was hatte das alles zu bedeuten? Warum hatte mein Vater ausgerechnet mir etwas hinterlassen, wir hatten uns doch schon vor Jahren heillos zerstritten. Außerdem war er durch einen Unfall gestorben und war somit überraschend aus dem Leben gerissen worden. Wäre er krank gewesen und hätte um sein nahendes Ende gewusst, hätte ich es verstanden, wenn er sein Gewissen noch hätte erleichtern wollen… „Erwin, so kommst du nicht weiter, mach das Ding endlich auf, damit du Klarheit bekommst", hörte ich mich zu mir selber sagen.

Vergeblich versuchte ich das Band zu lösen und musste schließlich doch die Schere zu Hilfe nehmen. Warum war ich nur so nervös, mein Alter war tot, er konnte mir nichts mehr anhaben. Außerdem war ich kein Kind mehr, was hatte ich also zu befürchten? Langsam entfernte ich das Packpapier, hob den Deckel hoch und erstarrte. Mein Blick fiel auf seine alte verbogene Nickelbrille und gleich sah ich sein verkniffenes Gesicht vor mir und hörte ihn schreien. Vor Schreck schloss ich die Augen und hielt mir mit den Händen die Ohren zu.

Da waren sie wieder, diese schrecklichen Erinnerungen an meine Kindheit. Wie oft war dieser Tyrann mit hochrotem

Kopf und vor Wut schnaubend am Abend aus der Kneipe gekommen, wo er seinen beruflichen Ärger im Alkohol ertränkt hatte. Dann hatten Mutter und ich nichts zu lachen gehabt und mehr als einmal hatte er uns verprügelt. Meine Mutter war zu schwach, um sich ihm entgegen zu stellen und ich war zu jung. Ich kniff mich in die Wange, um wieder zur Besinnung zu kommen. „Er lebt nicht mehr, es ist vorbei", musste ich mir mehrmals sagen, bevor ich erneut die Hinterlassenschaft in Augenschein nehmen konnte. Zu meinem Erstaunen entdeckte ich eine goldene Taschenuhr. Es war mir völlig neu, dass es jemals ein so wertvolles Stück in unserer Familie gegeben hatte.

Nun war meine Neugierde geweckt und als nächstes fand ich ein graues Notizbuch, das den Eindruck erweckte, als wäre es von Hand selbst gefaltet. Als erstes fiel mir ein Gedicht von Joseph von Eichendorff ins Auge dann einige Sätze von einem gewissen Nestroy. Darum würde ich mich später kümmern müssen. Was meine Aufmerksamkeit viel stärker erregte, waren die Adressen von zwei mir unbekannten Personen. „Was zum Teufel hat das alles mit mir zu tun, warum hat er mir diese Sachen vermacht, was soll ich damit?", schoss es mir durch den Kopf. Der Notar hatte gesagt, dass er keine weiteren Angaben machen könnte, wo also sollte ich anfangen in diesem ganzen Chaos?

In der folgenden Nacht schlief ich sehr unruhig und ging wie gerädert zur Arbeit. Ständig wanderten meine Gedanken ab und ich musste mir so manchen Tadel gefallen lassen.

Eine ganze Woche schaute mein Chef sich die Sache an, dann stellte er mich zur Rede: „Erwin, du warst immer ein äußert gewissenhafter und zuverlässiger Mitarbeiter, aber seit einigen Tagen bist du total verändert. Was ist los mit dir, wie kann ich dir helfen?" Nur widerwillig berichtete ich von der Hinterlassenschaft meines Vaters, wobei ich meine Verwirrung und meinen Schmerz nicht verbergen konnte. „Erwin", hörte ich ihn mit ruhiger Stimme sagen, „danke, dass du so offen zu mir bist. Du weißt, ich selbst habe leider keine Kinder, aber du warst immer, wie ein Sohn für mich und so soll es auch bleiben!"

Nach einer kurzen Pause fuhr er fort: „Nun nimm dir erst einmal ein paar Tage frei. Laut Betriebsvereinbarung stehen dir beim Tod eines Elternteils drei Tage Sonderurlaub zu. Ich schenke dir zwei weitere Tage, dann hast du eine ganze Woche Zeit, um ein wenig zur Ruhe zu kommen." Als ich protestieren wollte hob er abwehrend die Hand und sagte nur: „Wir sehen uns in acht Tagen wieder, bis dahin alles Gute. Und tschüss!"

Auf dem Weg nach Hause kaufte ich mir eine gute Flasche Cognac. Bisher hatte ich kaum Alkohol getrunken aus Angst zum Alkoholiker zu werden wie mein Vater. Doch wie heißt es im Volksmund „manchmal braucht die Seele Licht…" In meiner Seele rumorte es gewaltig, irgendetwas wollte an die Oberfläche und ich versuchte es unbewusst mit viel Kraftaufwand zu unterdrücken. Also musste ich versuchen, mich selbst zu überlisten und mir mit Hilfe des Alkohols Zugang zu meinem Unterbewusstsein zu verschaffen.

Nachdem ich drei Gläser getrunken hatte und nach diversen Anläufen schließlich bei Mozarts „Kleiner Nachtmusik" gelandet war, trat endlich eine Wirkung ein. Wie ein Blitz aus heiterem Himmel schoss es mir durch den Kopf. Auch meine Mutter hatte mir etwas hinterlassen… Was war es gewesen und wo hatte ich es gelassen?

Damals hatte ich ihre Krankheit verdrängt und ihr Tod war für mich unendlich schmerzhaft gewesen. Aufgewühlt und angetrunken ging ich in mein Bett. Am nächsten Morgen brauchte ich eine Weile, um mir einzugestehen, dass ich aus Verzweiflung zur Flasche gegriffen hatte. „Erwin, wenn du nicht aufpasst endet es mit dir so, wie mit deinem Alten!" Ich erschrak, nun führte ich schon Selbstgespräche…

Plötzlich durchfuhr mich ein Ruck. Ja es war ein großes braunes Kuvert gewesen. Mein Großvater hatte mir den Brief ausgehändigt, nachdem ich meine erste eigene Wohnung bezogen hatte. „Erwin, dieses Schreiben hat deine Mutter mir für dich gegeben, weil sie sicher sein wollte, dass du es auch wirklich bekommst", hörte ich im Geist meinen Opa sagen. Auf das Kuvert hatte meine Mutter mit zittriger Hand „Für meinen geliebten Sohn Erwin" geschrieben. Nun sah ich den Umschlag klar und deutlich vor mir. Ihre sonst so ausgeprägte Handschrift war schon von ihrem Leiden geprägt gewesen. Das hatte mir Angst gemacht, es war für mich wie ein böser Traum. Wie hatte sie mich einfach so verlassen können?

Der Tod meiner Mutter war der Anlass für den Streit mit meinem Vater gewesen. Da ich damals noch nicht volljährig war, hatte er als mein gesetzlicher Vertreter, das Recht über mein von meiner Mutter geerbtes Vermögen zu verfügen. Wie ich später erfahren hatte, hatte er das Geld schnell verprasst und ich war leer ausgegangen. Es half alles nichts, ich musste diesen Brief finden und mich der Vergangenheit stellen.

Voller Eifer durchwühlte ich meinen Kellerraum und anschließend jede Ecke auf dem Boden. Jedoch ohne Erfolg.

Erst ein Telefongespräch mit meinem ältesten Freund Tim brachte mich auf die richtige Fährte: „Erwin, hast du auch auf deinen Schränken oder hinter dem Kleiderschrank nachgesehen?"

Das hatte ich noch nicht getan und ich holte es schleunigst nach. Tatsächlich, gut versteckt zwischen einer Kommode und der Wand wurde ich fündig. Leichte Schimmelflecken auf dem Papier bewiesen die Tatsache, dass die Dokumente über einen langen Zeitraum dort gelegen hatten. Zum Vorschein kam ein Schulheft in der Größe DIN A4 mit der Aufschrift „Für Erwin" in der ausdrucksvollen Handschrift meiner Mutter, wie ich sie in Erinnerung hatte, und ein Zeitungsausschnitt.

Voller Neugierde schlug ich das Heft auf und las: „Mein über alles geliebter Sohn, nun bist du zehn Jahre alt und ich danke dir für das Glück, dass ich mit dir erleben durfte. Dein Vater macht uns das Leben zeitweise zur Hölle und ich bin leider nicht stark genug, um dich vor seinen Wutausbrüchen zu schützen!".

Wieder tauchte das zornige Gesicht unseres Familienoberhaupts vor mir auf und ich begann zu zittern. Als ich mich etwas beruhigt hatte las ich weiter: „Du wunderst dich sicher, warum ich diesen Tyrannen überhaupt geheiratet habe und ich will es dir erklären. Anton, Dein Vater, und ich lernten uns in dem Krankenhaus kennen, in dem ich als Schwester gearbeitet habe. Anton war ein junger charmanter Arzt, der auf meiner Station tätig war. Alle Kolleginnen himmelten ihn an und ich konnte es kaum glauben, als er mich um ein Rendezvous bat. Wir gingen einige Male miteinander aus und wurden schließlich ein Paar. Die anderen Mitarbeiterinnen des Krankenhauses beneideten mich um meinen gutaussehenden Freund.

Als ich eines Tages feststellte, dass ich schwanger war, wollte Anton mich zu einer Abtreibung überreden. Ich widersetzte mich seinem Willen und danke Gott noch heute dafür, dass er mir die Kraft dazu verliehen hat."

Heiße Tränen rannen über mein Gesicht und ich hatte einen dicken Kloß im Hals.

„Meine Schwangerschaft hatte ich vor meiner Familie geheim gehalten und erst nach deiner Geburt haben meine Eltern von dir erfahren. Mein Vater bestand auf einer sofortigen Heirat. Da klar war, dass du auf jeden Fall meinen Geburtsnamen als Familiennamen würdest tragen müssen, habe ich durchgesetzt, dass ich nach der Hochzeit Zuckerbein-Schwarz heißen würde. Es war mir wichtig, dass alle Welt schon am Namen erkennen konnte das wir beide, du und ich, zusammengehörten."

Erneut musste ich kräftig schlucken und ein paar Mal tief durchatmen. „Anton wollte von einer Eheschließung zunächst nichts wissen. Erst als mein Vater ihm eine große Summe als Gegenleistung anbot um unsere Familie von der Schande eines unehelichen Kindes rein zu waschen, willigte Anton schließlich ein."

„Dieses Schwein!" entfuhr es mir und erschrocken hielt ich mir die Hand vor den Mund, bevor ich weiterlas.

„Schon seit längerer Zeit hatte ich die Vermutung, dass Anton mich mit anderen Frauen betrog, aber ich hatte keine Beweise. Wahrscheinlich wollte ich es auch einfach nicht wahrhaben und ich konzentrierte mich voller Freude auf dich. Als ich dich eines Tages stolz meinen Kolleginnen in der Klinik vorstellte, konnte ich deutlich eine gewisse Schadenfreude spüren. Schließlich hörte ich sogar, wie eine der Schwestern das „R" im Namen Dr. Schwarz durch ein „N" ersetzte. Im Schwesternzimmer brach schallendes Gelächter aus, bis jemand mit einem leichten Kopfnicken zu uns herüber wies. Plötzlich hatten es alle sehr eilig und ich verließ fluchtartig mit dir die Station."

Vor Wut schlug ich mit meinen Fäusten auf den Tisch, bis ich vor Schmerzen laut aufschrie. Erst nach einiger Zeit war ich in der Lage weiter in den Aufzeichnungen meiner Mutter zu lesen. Ein Datum hatte sie ihren Einträgen nicht zugefügt, aber ihre Schrift hatte sich verändert. Das Schriftbild war nicht mehr so kraftvoll und klar und ich hatte den Eindruck, als hätte sie während des Schreibens geweint.

„Mit der Zeit kam Anton immer später nach Hause und oft war er mürrisch und angetrunken. Auch seine angeblichen Wochenenddienste wurden immer häufiger. Schließlich brachte er das Fass zum Überlaufen, als er sich nicht mehr mit den Schwestern begnügte, sondern sich sogar an Patientinnen verging. Innerhalb weniger Stunden musste er die Klinik verlassen."

Diesen Absatz musste ich ein zweites Mal lesen, ich konnte es einfach nicht fassen.

„Meinem Vater, deinem Großvater, hatte Anton es zu verdanken, dass er sehr schnell eine neue Anstellung als Betriebsarzt in einem großen Konzern bekam. Aber auch dort hatte er seine Triebe nicht unter Kontrolle und neben diversen Mitarbeiterinnen verführte er sogar die Frau und die Tochter seines Chefs. Das blieb natürlich nicht unentdeckt und auch die Presse hat es gründlich ausgeschlachtet."

Ich nahm den Zeitungsausschnitt, den meine Mutter für mich aufbewahrt hatte und las den Artikel. Schon während der Lektüre, raste mein Herz und ich spürte wie mein Magen zu rebellieren begann.

Als ich mich wieder den Aufzeichnungen meiner Mutter zuwandte musste ich feststellen, dass sich die Handschrift meiner Mutter erneut verschlechtert hatte: „Erwin, mein lieber Junge, ich weiß gar nicht ob es richtig ist dir all dies auf diesem Wege zu berichten. Aber ich habe Angst; denn seit einiger Zeit fühle ich mich immer so schlapp und niedergeschlagen. Dein Vater meint, ich sei überarbeitet und müsste mich mehr schonen. Ich kann ihm aber nichts mehr glauben und die Medikamente, die er mir verabreicht, scheinen meinen Zustand noch zu verschlimmern. Zu einem anderen Arzt zu gehen hat er mir strengstens verboten, wohl auch wegen der Blutergüsse, die er mir zugefügt hat. Es tut mir schrecklich leid, aber ich habe einfach keine Kraft mehr.

Ich liebe dich über alles, bitte verzeih mir. Deine Mutter."

Diese letzten Zeilen waren verschmiert und auch mir liefen die Tränen in Strömen über das Gesicht.

Der Bericht meiner Mutter hatte mich geschockt. In meinem Kopf drehte sich alles. War es wirklich möglich, dass mein Vater seiner Frau, meiner Mutter, absichtlich gesundheitlichen Schaden zugefügt hatte, um sich von ihr zu befreien?

Ich hatte das Gefühl von den Wänden meines Zimmers erdrückt zu werden und langsam und qualvoll zu ersticken. In Windeseile zog ich mir Schuhe und eine Jacke an und rannte aus der Wohnung. Ein kräftiger Wind zerrte an meiner Kleidung und peitschte mir dicke Regentropfen ins Gesicht. Im Nu waren meine Sachen durchnässt und Wasser lief mir aus den Haaren über das Gesicht. Im Laufschritt durchquerte ich den Park, außer mir war keine Menschenseele unterwegs.

Zuhause angekommen traf ich im Hausflur meinen Nachbarn Eduard der gerade seinen Briefkasten leerte. Eduard und seine Frau Hilde waren Rentner und wohnten eine Etage über mir. Mit weit aufgerissenen Augen sah Eduard mich an: „Erwin wie siehst du denn aus... Bei dem Wetter jagt man doch keinen Hund vor die Tür!" Und ohne eine Antwort abzuwarten fuhr er mit gedämpfter Stimme fort: „Ist alles in Ordnung bei dir? Hilde macht sich Sorgen, sie hat gar nicht gesehen, dass du von der Arbeit gekommen bist..." Sein Ton war misstrauisch als er bemerkte: „und dann die laute Musik neulich, Hilde meint ein Stück von Mozart erkannt zu haben. Hörst du sonst nicht eher Schlager...?"

Ich versicherte Eduard, dass alles ok sei, ich hätte mir nur ein paar Tage frei genommen und würde die Gelegenheit nutzen, um meinen Musikgeschmack zu überprüfen. Unter den skeptischen Blicken von Eduard verabschiedete ich mich: „Einen schönen Tag noch, Eduard, und grüß Hilde bitte von mir."

Hinter meiner geschlossenen Wohnungstür verharrte ich einen Moment. Als ich vor dem Haus angekommen war, hatte sich mein Kopf klarer und freier angefühlt, die Begegnung mit Eduard hatte mich erneut aufgewühlt. „Erwin du spinnst", sagte ich zu mir, „du kennst deine Nachbarn seit Jahren und du weißt, wie neugierig sie sind. Also warum regst du dich jetzt so auf?". Unter meinen Füßen hatte sich eine Pfütze gebildet und ich begann zu frieren. So schnell ich konnte, zog ich meine nassen Sachen aus und ging unter die heiße Dusche. Danach machte ich mir einen Tee und kuschelte mich im Bademantel mit einer Decke auf mein Sofa. Die Wärme und die leise Musik machten mich schläfrig.

Nach einer Weile fuhr ich hoch und war hellwach. Ich hatte von meinem Großvater geträumt. „Ja", schoss es mir durch den Kopf, „es besteht eine gewisse Ähnlichkeit! Eduards Statur lässt sich mit der von Opa Wilhelm vergleichen. Außerdem hatte der Vater meiner Mutter auch blaue Augen und einen gepflegten Vollbart." Ich suchte meine alten Fotoalben heraus, um meine Erinnerung zu überprüfen. Viele Seiten musste ich umblättern, bis ich endlich das gesuchte Bild meiner Großeltern fand. Die Aufnahme war anlässlich meiner Einschulung gemacht worden. Ich saß auf dem Schoß meines Opas und Oma stand neben unserem Ohrensessel und sah uns zu. Aus Opa Wilhelms Westentasche hing eine Kette, an der eine Uhr befestigt und deren Deckel geöffnet war. Mein rechter Zeigefinger war auf das Schmuckstück gerichtet und ich schien voller Stolz die Uhrzeit darauf abzulesen.

Mir stockte der Atem, und ich rannte zum Bord, auf dem das Kästchen mit dem Nachlass meines Vaters stand. Mit nervösen Fingern zog ich die Taschenuhr heraus und staunte nicht schlecht. Auf der Rückseite waren die Initialen W.Z. für Wilhelm Zuckerbein eingraviert. Das war der Beweis, es handelte sich tatsächlich um ein Erbstück meines geliebten und leider viel zu früh verstorbenen Großvaters.

Was um alles in der Welt hatte meinen Vater dazu bewogen dieses Andenken für mich zu erhalten? Vom Geld meiner Mutter und anderen wertvollen Dingen war mir nichts, aber auch gar nichts geblieben…

Glücklich nahm ich das Erinnerungsstück in beide Hände und hielt es krampfhaft fest. Lange saß ich so da, in Gedanken an meine Kindheit versunken. Dieser Tag hatte Erinnerungen in mir geweckt, die ich lange verdrängt hatte. Wie würde es weiter gehen, was würde als nächstes in mein Bewusstsein zurückkehren?

Am nächsten Morgen erwachte ich erst spät nach einer unruhigen Nacht. Einzelheiten meiner Kindheit waren wieder lebendig geworden. Nach dem Tod meiner Mutter hatte ich in einem Internat gelebt. Nur mit allergrößter Mühe war es meinem Großvater gelungen einen Platz für mich zu finden. Mehrfach wurden gemachte Zusagen zurückgenommen als Details meiner Herkunft bekannt wurden. Der schlechte Ruf meines Vaters eilte mir voraus und wohlhabende Eltern drohten damit, ihre Kinder aus der Schule zu nehmen, wenn ich einen Platz bekäme. So wurde ich schließlich in einem Institut untergebracht, dessen jährliche Gebühren die Möglichkeiten meines Vaters bei weitem überschritten, doch die Eltern meiner Mutter kamen schließlich dafür auf. Erst später hatte ich erfahren, dass sie einen beträchtlichen Teil ihres Vermögens für meine Ausbildung geopfert hatten. Meine Ferien verbrachte ich im Haus meiner Verwandten oder auf ihre Kosten in einem Ferienlager. Mein alter Herr schrieb mir nur zu Weihnachten eine Karte verbunden mit guten Wünschen für das neue Jahr. „Mensch, du Penner, das hättest du dir auch schenken können. Nicht einmal an meinen Geburtstag hast du gedacht…!" So oder so ähnlich hatte ich auf seine Post reagiert, bevor ich sie in kleine Stücke riss oder verbrannte.

Nach Beendigung der Schule, als es um meine weitere Zukunft ging, war es zwischen mir und meinem Vater zu einem heftigen Streit gekommen. Seitdem war die Verbindung ganz abgebrochen und ich hatte keinen Gedanken mehr an ihn verschwendet, bis ich den Brief des Notars bekam.

An diesem Abend fand ich in einem der Fotoalben ein einziges Motiv, auf dem meine Eltern gemeinsam abgebildet waren. Voller Wut hatte ich das Bild zerschnitten und den Teil, auf dem mein Vater abgebildet war, angeschrien: „Lass mich endlich in Ruhe, ich will mit deinem ganzen Mist nichts zu tun haben. Hör endlich auf mich zu quälen oder willst du mich auch noch umbringen?".

In Tränen aufgelöst warf ich das Bild in den Papierkorb und stürmte aus der Wohnung.

Anfangs rannte ich ziellos durch die Stadt, bis ich mich etwas beruhigt hatte. Dann schlenderte ich gedankenverloren durch die Straßen und fand mich unerwartet im Rotlichtviertel wieder. Die grellen blinkenden Lichter und die Musik, die aus Bars und Kneipen drang, nahm ich nur verschwommen wahr.

Die Menschen, die meistens in Gruppen unterwegs waren, lachten oder unterhielten sich laut. Manche prosteten sich mit ihren Bierflaschen zu. Türsteher vor den Lokalen versuchten mich mit der Aussicht auf tolle Weiber in ihre Gaststätten zu locken, aber ich wehrte lustlos ab.

An der nächsten Straßenecke wurde es ruhiger und nur noch wenige Prostituierte warteten auf potentielle Freier. Gerade stieg eine nur spärlich bekleidete Frau in ein Auto, das sofort davonbrauste. Noch gebannt von dem Anblick spürte ich, wie jemand an meinem Ärmel zupfte: „Hey Süßer, wie wär's denn mit uns beiden…?" Erschrocken sah ich mich um, noch nie hatte mich jemand „Süßer" genannt. „Meinen Sie mich?", stammelte ich verlegen, worauf sich eine bildhübsche junge Frau bei mir unterhakte und mich bezaubernd anlächelte. „Na klar mein ich dich. Oh je, du bist ja ganz rot geworden", gurrte sie und streichelte meinen Arm. „Du scheinst ja noch ein gänzlich unbeschriebenes Blatt zu sein. Ich glaube es wird Zeit, dass ich mich mal um dich kümmere. Übrigens ich heiße Susi und wie heißt du?". Bevor ich überhaupt antworten konnte fuhr sie fort: „Du schenkst mir 50 Euro und ich schenke dir ein wunderbares Erlebnis, an das du noch sehr lange denken wirst!". Jeder Versuch mich von dieser Frau zu befreien scheiterte und innerlich rang ich mit mir. Sollte ich nachgeben und vielleicht eine Ahnung davon bekommen, was meinen Vater immer wieder in die Arme der Frauen getrieben hatte? „Hast du etwa Angst?" hörte ich Susi säuseln. „Das ist völlig unnötig, es tut bestimmt nicht weh. Du wirst staunen, wie schön das ist." Meine Neugierde war zwar geweckt, aber die Furcht hatte noch die Oberhand und erneut versuchte ich mich von Susi zu lösen. Dann spürte ich ihre suchende Hand und sofort wusste ich, dass ich verloren hatte. Susi strahlte über das ganze Gesicht: „Wusste ich es doch!" triumphierte sie, „komm mit, gleich da vorne habe ich ein Zimmer."

Willenlos folgte ich ihr über die Straße und in ihre Kammer. Mit flinken Fingern entkleidete sie erst mich und dann sich selbst. Ihre Hände waren überall und erforschten gekonnt meinen Körper. Eine Welle der Erregung überrollte mich und raubte mir den Verstand, meine Haut glühte.

Susi grinste mich triumphierend an: „Na, was sagst du, hat es dir gefallen?". Verschämt zog ich mir das Laken bis zu den Schultern. „Du musst dich nicht schämen! Es ist alles in Ordnung. Nun komm schon zieh dich wieder an. Zeit ist Geld. Unten auf der Straße warten noch andere Männer." Und mit einem Augenzwinkern fuhr sie fort: „Du kannst zu jeder Zeit wiederkommen, aber jetzt beeil dich endlich".

Augenblicke später fand ich mich auf der Straße wieder. Die Frauen, die gesehen hatten, dass Susi mich mit zu sich genommen hatte, grinsten mich wissend an. „Ja, Susi versteht ihr Geschäft", lachte mir eine ins Gesicht, worauf die anderen in lautes Gelächter ausbrachen.

Langsam schlich ich durch Nebenstraßen nach Hause. Jetzt wollte ich keinem bekannten Menschen begegnen. Ich hatte immer noch Angst man könnte mir ansehen, dass ich bei einer Hure gewesen war.

Im Haus war es still und auf Zehenspitzen huschte ich in meine Wohnung. Rastlos lief ich von einem Zimmer in das andere, ich war völlig durcheinander. „Hilde und Eduard!" schoss es mir durch den Kopf, „Sie hören jeden deiner Schritte und werden wieder unangenehme Fragen stellen. Also reiß dich zusammen, Erwin!" Seufzend setzte ich mich auf mein Sofa und sah mich im Wohnzimmer um. Dabei blieb mein Blick an der Schachtel meines Vaters hängen. Welche Botschaft er mir damit hatte hinterlassen wollen, war mir immer noch nicht klar. Nach einer Weile entschloss ich mich, mir die Dinge noch einmal anzusehen. An oberster Stelle lag der Zettel mit dem Gedicht „Mondnacht" von Joseph von Eichendorff. Zunächst las ich die Zeilen nur leise, dann noch einmal laut und mit Betonung:

Mondnacht
Es war, als hätt' der Himmel
die Erde still geküsst,
dass sie im Blütenschimmer
von ihm nun träumen müsst'.

Die Luft ging durch die Felder,
die Ähren wogten sacht,
es rauschten leis die Wälder,
so sternklar war die Nacht.

Und meine Seele spannte
weit ihre Flügel aus,
flog durch die stillen Lande,
als flöge sie nach Haus.
(Joseph von Eichendorff)

Die Verse waren nicht von Hand geschrieben und so konnte ich nicht sehen, ob mein Vater sie selbst abgeschrieben hatte oder ob sie ein Geschenk für ihn gewesen waren. Wer hatte meinen alten Herrn mit so einem romantischen Gedicht in Verbindung gebracht? Würde ich jemals erfahren was für ein Mensch er wirklich gewesen war?

In der folgenden Nacht schreckte ich aus dem Tiefschlaf hoch als das Telefon klingelte. Schlaftrunken nahm ich den Hörer ab und meldete mich mit meinem Namen. Aber ich war zu spät gekommen, der Anrufer hatte schon aufgelegt. Lange grübelte ich wer mich angerufen haben könnte. Außer meinem Freund Tim fiel mir niemand ein, aber Tim lebte in einer glücklichen Beziehung, warum sollte er mich nachts aus dem Bett holen? Ich verwarf den Gedanken an Tim und beschloss, dass sich irgendjemand verwählt haben musste. Einige Zeit, nachdem ich endlich wieder eingeschlafen war weckte mich der Klingelton erneut. Verärgert sprang ich aus dem Bett und meldete mich mit einem deutlich hörbar genervten „Hallo". Ohne eine Antwort wurde die Verbindung von der anderen Seite unterbrochen. Nun war an Schlaf nicht mehr zu denken und mir schwirrte der Kopf. Sollte es doch kein Zufall gewesen sein, dass meine Telefonnummer angerufen worden war? Was konnte ich tun, um das herauszufinden? Den Gedanken die Polizei, um Rat zu fragen verwarf ich gleich wieder, die Beamten würden mich sicher nur auslachen.

Bei der Arbeit war ich müde und unkonzentriert. Als endlich Feierabend war nahm ich meine Sachen und verließ eilig das Büro.

Seit meiner Begegnung mit Susi hatte ich immer wieder voller Sehnsucht an sie gedacht. Aber ich musste der Versuchung widerstehen, ich hatte einfach kein Geld dafür. Wie hatte Tim es nur angestellt so eine nette Frau zu erobern und sie sogar an sich zu binden? Ich würde Tim darauf ansprechen und ihn um Rat fragen, schließlich waren wir schon seit vielen Jahren eng befreundet.

Auf meinem Weg durch die Stadt blieb ich vor einem Juweliergeschäft stehen und sah mir die Auslagen an. Vor dem Schaufenster an der anderen Seite der Eingangstür stand eine ältere Dame. Sie wirkte gepflegt, aber schien sich mehr für mich als für die Schmuckstücke zu interessieren. Jedes Mal, wenn ich ihren Blick zu erwidern versuchte wandte sie sich schnell wieder den ausgestellten Exponaten zu. Gerade als ich sie ansprechen wollte drehte die Frau sich um und ging forschen Schrittes davon.

Noch so eine merkwürdige Begebenheit, die ich nicht einordnen konnte.

Fast hatte ich schon die nächtlichen Telefonanrufe vergessen als ich einen anonymen Brief in meinem Postkasten fand. Arglos öffnete ich den Umschlag und erschrak als ich den Bogen auseinanderfaltete. „Du Schwein, du bist ja noch schlimmer als dein Alter!" Die Buchstaben waren aus Zeitungsartikeln geschnitten und zu Wörtern zusammengesetzt. Ich verstand die Welt nicht mehr, was hatte ich denn getan?

Gegen meinen Willen hatte mich mein Weg ein weiteres Mal zu Susi geführt und ich hatte mich von ihr verwöhnen lassen. Andere Männer taten das doch auch, warum sollte es ausgerechnet mir verboten sein? Der Verfasser dieses Schmähbriefes musste meinen Vater gekannt haben, aber woher kannte er mich und was hatte das alles mit Susi zu tun?

Einige Tage später bummelte ich über den Markt, um mir für das Wochenende frisches Obst zu kaufen. Dort traf ich meinen Nachbarn Eduard und gemeinsam gingen wir in ein Café, um einen Tee zu trinken. Augenzwinkernd zupfte Eduard mich am Ärmel: „Wie ich sehe hast du eine Eroberung gemacht", und lächelnd fuhr er fort: „Aber ist sie nicht ein bisschen zu alt für dich?". Mit einem Beutel Kekse in der Hand verließ die Dame, die mich vor dem Juweliergeschäft beobachtet hatte, mit geröteten Wangen das Lokal. „Ich kenne diese Frau nicht", sagte ich zu Eduard und berichtete ihm von der ersten Begegnung. „Das ist in der Tat merkwürdig", entgegnete mein Nachbar, „denn sie hat dich die ganze Zeit beobachtet. Aber vielleicht verwechselt sie dich mit jemanden oder du erinnerst sie an eine Person aus ihrem früheren Leben." Entgeistert starrte ich Eduard an, sollte es sich um eine Bekannte meines Vaters handeln? Denkbar wäre es und auch das Alter könnte passen. Schnell verabschiedete ich mich unter dem Vorwand, dass mir etwas eingefallen wäre, das ich dringend noch besorgen müsste. Eduard grinste mich vielsagend an und wünschte mir viel Spaß. Draußen sah ich mich hektisch um, aber ich konnte die Frau in dem bunten Treiben auf dem Markt nicht mehr entdecken. Wann und wo würde es zu einer erneuten Begegnung kommen und würde es mir dann gelingen sie anzusprechen?

Um die Mittagszeit kehrte ich in meine Wohnung zurück, ohne die Frau noch einmal gesehen zu haben. Ich beschloss mich in Zukunft genauer umzusehen, wenn ich das Haus oder meine Arbeitsstätte verließ, und ich überlegte mir, mich öfter zu veränderten Zeiten auf den Weg zu machen.

In diese Gedanken hinein, klingelte das Telefon und ich meldete mich misstrauisch mit „Hallo". Tims gut gelaunte Stimme drang an mein Ohr: „Hey Kumpel, wie hörst du dich denn an?" Er lachte: „Welche Laus ist dir denn über die Leber gelaufen?" Ich hatte einen Kloß im Hals als ich erwiderte: „Ach weißt du, in letzter Zeit passieren merkwürdige Dinge in meinem Leben.". „Sag mal, hast du Lust auf einen Männerabend, also ich meine nur wir beide? Wir könnten mal wieder so richtig quatschen, so wie früher, weißt du noch?". Bevor ich antworten konnte fuhr Tim fort: „Pia ist dieses Wochenende bei einer Freundin und wir könnten uns hier treffen und was Tolles kochen. Also was ist, um 18.00 Uhr?". Dankbar nahm ich die Einladung an.

Gegen Abend machte ich mich auf den Weg zu Tim und kaufte unterwegs noch eine gute Flasche Wein. Tims Begrüßung war sehr herzlich und aus der Küche kam ein köstlicher Duft. „Ich habe schon mal mit dem Kochen angefangen, dann haben wir nachher mehr Zeit zum Reden. Allerdings kannst du mir noch beim Dessert helfen oder schon mal den Tisch decken".

Ein wenig beschlich mich der Neid. Tim hatte nicht nur eine schöne Wohnung, sondern auch eine liebenswerte Lebensgefährtin, die es geschafft hatte, ein geschmackvolles Zuhause für sie beide zu gestalten. Mir wurde einmal mehr bewusst, wie sehr ich mich nach einem harmonischen Leben zu zweit sehnte.

Während des Essens sprachen wir nur über belanglose Dinge, aber ich fühlte mich von Tim beobachtet. Nachdem wir den Tisch abgedeckt hatten setzten wir uns in die gemütliche Sitzecke. „Erwin, du wirkst so niedergeschlagen, willst du mir nicht sagen wo dich der Schuh drückt?"

Verlegen warf ich einen Blick auf meine Füße und nippte an meinem Weinglas: „Tim, mir ist das alles so unangenehm, im Grunde schon fast peinlich…!". Sofort kam Protest: „Mensch Erwin, peinlich ist zwischen uns gar nichts. Überlege doch mal was wir beide gemeinsam schon alles durchgestanden haben. Meistens war ich derjenige, der dir die Ohren voll gejammert hat." Und nach einer kurzen Pause: „Also nun mal raus mit der Sprache, wir sind hier doch ganz unter uns." Ich gab mir einen Ruck und berichtete von den nächtlichen Anrufen, dem anonymen Schreiben, der älteren Dame und zum Schluss auch noch von Susi.

Eine Zeit lang sprach keiner von uns. Dann ergriff Tim das Wort: „Also, wenn ich es richtig erinnere war dein Vater ja sehr umtriebig. Vielleicht hat er ja auch diese reifere Dame beglückt und jedes Mal, wenn sie dich sieht wird sie daran erinnert, weil du deinem Vater ähnlich siehst." Ungläubig starrte ich Tim an, aber er sagte nur: „Das wäre doch denkbar, oder etwa nicht?". Als ich ungewollt mit den Schultern zuckte meinte Tim weiter: „Außerdem könnte es doch sein, dass die Aktivitäten deines alten Herrn nicht ohne Folgen geblieben sind. Wer weiß, vielleicht hast du ja noch ein paar Halbgeschwister!". Mir blieb der Mund offenstehen, daran hatte ich noch mit keinem einzigen Gedanken gedacht. Einen Moment später sprudelte es aus Tim heraus: „Es ist ja nicht ausgeschlossen, dass dein Alter nicht auch im Rotlichtviertel aktiv gewesen ist. Vielleicht hat er ja auch die eine oder andere Prostituierte geschwängert, die schließlich ihre Fähigkeiten an ihren Nachwuchs weitergegeben hat. Das könnte eine Erklärung für das anonyme Schreiben sein." Fassungslos glotzte ich Tim an: „Willst du damit andeuten, dass Susi meine Halbschwester ist?". Meine Stimme überschlug sich bei diesen Worten. „Nun beruhige dich, Erwin. Ich will gar nichts behaupten, ich suche nur nach einer möglichen Erklärung für den Brief ohne Absender." Tim rutschte ein Stück näher an mich heran und legte tröstend seinen Arm um mich: „Du musst wirklich eine große Last mit dir herumtragen." Nach einer kurzen Pause klang seine Stimme viel aufmunternder: „Aber die Susi scheint ja genau den richtigen Nerv bei dir getroffen zu haben. Als du mir von ihr erzählt hast war der Glanz in deinen Augen nicht zu übersehen." Ich vergrub mein Gesicht in den Händen: „Du hast recht, Tim, aber das kann es doch auf die Dauer nicht sein… Wie hast du es geschafft so eine tolle Frau wie Pia zu kriegen?" „Ja, mit Pia habe ich wirklich mein großes Glück gefunden, aber du weißt ja, dass ich vorher auch so manche böse Überraschung erlebt habe." Nachdem er einen Moment nachgedacht hatte, hörte ich Tim sagen: „denk doch bloß an diese schlimme Geschichte mit der Stalkerin. Die Frau hat mir echt den letzten Nerv geraubt und ich habe damals nicht geglaubt, dass ich mich je wieder mit einer Frau einlassen könnte."

Wieder trat eine Phase des Schweigens ein und mich überfiel eine bleierne Müdigkeit, was Tim nicht verborgen blieb. „Erwin, lass uns Schluss machen für heute. Ich mache dir schnell ein Lager hier auf dem Sofa zurecht und eine neue Zahnbürste muss auch noch da sein. Schlaf dich aus und nach einem ausgiebigen Frühstück setzen wir unser Gespräch fort."

Fragend sah er mich an: „Vielleicht erlaubt uns das Wetter ja sogar einen langen Spaziergang, was meinst du dazu?".

Ich konnte nur noch nicken und suchte das Badezimmer auf, während Tim die Schlafstätte für mich herrichtete. In das weiche Bettzeug gekuschelt schlief ich sofort ein.

Strahlender Sonnenschein weckte mich am nächsten Morgen und aus der Küche kam der herrliche Duft nach aromatischen Kaffee und frischen Brötchen. Tim wünschte mir einen guten Morgen und berichtete: „Pia hat angerufen und sie lässt dich herzlich grüßen. Sie kommt erst spät am Abend zurück, wir haben also noch den ganzen Tag für uns." Beim Frühstück erkundigte Tim sich nach meinem Befinden und ob ich wohl Lust auf einen Spaziergang hätte. Ich schlug vor an die See oder an die Elbe zu fahren, um das schöne Wetter zu genießen. Wir einigten uns darauf an die Elbe zu fahren, da sie mit öffentlichen Verkehrsmitteln zu erreichen war. So liefen wir nicht Gefahr, unsere kostbare Zeit im Stau zu verbringen.

Während unserer Wanderung kam Tim zurück auf unser Gespräch vom Vortag: „Erwin, deine Erfahrungen mit Susi waren sehr wichtig für dich, doch du solltest dich nicht emotional an sie binden. Bitte vergiss nicht, dass du für sie nur ein Kunde und damit einer von vielen bist…". Sofort füllten sich meine Augen mit Tränen und ich konnte sie nicht zurückhalten. Sprechen konnte ich in dem Moment nicht. „Deine Gefühle kann ich gut verstehen", hörte ich Tim leise sagen, „aber auch du wirst es erleben was es heißt einer Frau, die du von Herzen liebst, ganz nah zu sein. Die körperliche Vereinigung ist das schönste was zwei Menschen sich schenken können und je größer das Vertrauen ist, um so schöner ist es."

„Jetzt kehr bloß nicht noch den Moralapostel raus", entfuhr es mir bissig. „Du hast gut reden, du hast ja deine Pia. Aber was ist mit mir, wie soll ich jemals eine Frau finden?" Ich trocknete die Tränen und schnäuzte mir die Nase. Mit sanfter Stimme sagte Tim: „du kennst doch sicher das Sprichwort „Der kürzeste Weg zu einem anderen Menschen ist ein Lächeln." Als er meine wegwerfende Handbewegung sah fuhr er fort: „ich weiß es klingt abgedroschen, aber es stimmt wirklich. Probiere es doch einfach mal aus."

Eine ganze Weile sprach keiner von uns, jeder hing seinen eigenen Gedanken nach. Dann entdeckten wir einige Schritte vor uns eine Frau, die mit ihrem Hund spielte und Tim forderte mich auf: „Erwin, das ist die Gelegenheit, lächle sie an und sag etwas Nettes zu ihr oder frag sie, ob du auch mal das Stöckchen werfen darfst". Ich spürte, wie ich einen Stoß in die Rippen bekam: „Na los, es tut auch ganz bestimmt nicht weh." Tim schubste mich ein Stück vorwärts, während er selbst ein wenig zurückblieb. Ohne lange zu überlegen lenkte ich meine Schritte neben die Frau und lachte sie an: „Sie und ihr Hund scheinen diesen wunderbaren Morgen ja sehr zu genießen."

Sie lächelte zurück und fragte, ob ich auch einen Hund hätte. Schwanzwedelnd kam der Hund auf mich zu gerannt und erschrocken trat ich einen Schritt zur Seite. „Sie tut nichts, sie will nur spielen" und lachend sprach sie weiter: „Raika scheint Sie zu mögen, wollen Sie vielleicht auch einmal den Stock werfen?". Blitzschnell sah ich mich zu Tim um, der vor Vergnügen lachte und seinen Daumen hob. Ich warf das Holz, soweit ich konnte und voller Begeisterung brachte Raika das Wurfgeschoß zurück. Wir wiederholten das Spiel noch einige Male und ich erkundigte mich: „gehen sie häufiger hier spazieren?" „Leider nein", bekam ich zur Antwort, „ich bin nur dieses Wochenende hier in der Stadt. Aber es war nett Sie kennen gelernt zu haben. Auf Wiedersehen." Die Frau zwinkerte mir zu, rief ihre Hündin zu sich und trat den Rückweg an.

Schnellen Schrittes kam Tim grinsend auf mich zu und schlug mir anerkennend auf die Schulter: „Mensch Erwin, da hast du aber einen starken Eindruck hinterlassen. Soviel Charme hätte ich dir gar nicht zugetraut!" Ich spürte wie meine Wangen sich röteten, „allerdings könntest du etwas mehr für dich tun."

Fragend sah ich meinen Freund an: „Kauf dir doch mal ein paar coolere Klamotten. Deine Jeans ist viel zu weit, warum versteckst du deinen Hintern? Zeig doch mal was du zu bieten hast." Misstrauisch sah ich zu ihm hinüber, wollte er mich auf den Arm nehmen? „Da ist übrigens noch etwas was ich dir schon lange sagen wollte, du hast dich häufig über deinen Familiennamen aufgeregt. Also ich habe mir dazu so meine Gedanken gemacht..." Erwartungsvoll schaute ich ihn an: „Na, dann spuck es mal aus", entfuhr es mir mit gereiztem Unterton. „Also, vermutlich weißt du, dass manche Männer ihren Penis scherzhaft als ihr drittes Bein bezeichnen." „Und was willst du mir damit sagen?", unterbrach ich Tim genervt. „Mit Zucker verbinden die meisten Menschen etwas Süßes, Wohlschmeckendes, also angenehmes. Warum sollte der Name Zuckerbein also nicht das Synonym für einen ganz besonderen Freudenspender sein? Betrachte es doch einmal von dieser Seite und probiere es einfach aus", sagte Tim lachend.

Dieser Spruch verschlug mir die Sprache, ich wusste nicht was ich darauf antworten sollte. Mein Freund schwieg ebenfalls, allerdings mit einem verstohlenen Grinsen im Gesicht. Wenige Minuten später traten auch wir unseren Rückweg an.

In einem nahegelegenen Café kauften wir uns mehrere Stücke Torte und gingen zurück in Tims Wohnung. Unser Kaffeetrinken war nur kurz und wir sprachen wenig. Tim war seine Vorfreude auf Pias Rückkehr deutlich anzumerken und ich fühlte mich plötzlich fehl am Platz. Wir verabschiedeten uns mit dem Versprechen in Kontakt zu bleiben und ich machte mich auf den Heimweg.

Um etwas Abstand zu gewinnen schlenderte ich noch durch den Park. Meine eigene Wohnung kam mir öde und verlassen vor. Aus lauter Langeweile schaltete ich den Fernseher ein. Gerade lief eine Reportage über gescheiterte Beziehungen und darüber wie sehr gerade die Kinder unter der Trennung der Eltern litten. Plötzlich überkam mich eine unsagbare Traurigkeit. Auch ich hatte diesen Schmerz erlebt, wollte ich wirklich das Risiko eingehen, dass sich das Schicksal wiederholen könnte?

Ein lauter Knall im Treppenhaus riss mich aus meinen Gedanken und gleich darauf ertönte Hildes hysterische Stimme: "Eduard, komm zurück, ich habe es doch nicht so gemeint!"

Nachdem auch die Haustür geräuschvoll ins Schloss gefallen war drang ein Aufschrei von Hilde durch den Hausflur und ihre Wohnungstür schlug zu. Es hatte also wieder einmal einen handfesten Krach gegeben. Hatte Eduard nicht vor Jahren schon mal eine Andeutung gemacht, dass Hilde ihm sogar Schläge angedroht hatte?

Das war mir alles zufiel, ich schaltete das Fernsehgerät aus und hörte Musik über meine Kopfhörer. In Gedanken ließ ich die vergangenen Stunden mit Tim Revue passieren. Warum hatte er meine Frage wo und wie er und Pia sich kennengelernt hatten nicht beantwortet, oder hatte ich vergessen zu fragen?

Die Frau mit ihrem Hund, die wir am Strand getroffen hatten, fiel mir wieder ein. „Es war nett Sie kennen gelernt zu haben", hatte sie zu mir gesagt und mich freundlich angelächelt. Mein Herz schlug schneller, es war wirklich nicht schwer gewesen. War Raika, die Hündin, der Grund für den leichten Gesprächseinstieg gewesen? Sollte ich mir vielleicht selbst einen Hund anschaffen, um so mit anderen Menschen in Kontakt zu kommen? Diesen Gedanken verwarf ich schnell wieder, ein Tier würde mich viel Zeit und Geld kosten und das konnte und wollte ich mir im Moment nicht leisten. Dennoch schrieb ich das Wort HUND auf einen Zettel und befestigte ihn an meiner Pinnwand. Auf ein größeres Blatt Papier notierte ich mit Leuchtstift: „COOLE KLAMOTTEN" kaufen! Mir war an diesem Wochenende klar geworden, dass sich in meinem Leben etwas ändern musste und ich wollte Ideen sammeln, sozusagen als ersten Schritt.

Tags darauf hörte ich meinen Kolleginnen und Kollegen zu, die ganz aufgeregt von ihren Wochenenderlebnissen berichteten. Die Erzählungen reichten vom Stress mit der Familie bis hin zu neuen Bekanntschaften oder heißen Flirts in der Disco. Wie immer in solchen Momenten hielt ich mich bedeckt als ich gefragt wurde, wie ich die freien Tage verbracht hatte.

„Ach, nichts Besonderes", erwähnte ich beiläufig, „ich habe einen Freund besucht. Wir haben zusammen gekocht, viel gequatscht und einen über den Durst getrunken." „Du hast dich betrunken, dass glaube ich einfach nicht", stichelte meine Kollegin Helga, „auf unseren Feiern rührst Du doch keinen Tropfen an. Bist Du etwa ein heimlicher Säufer?" Sie sonnte sich im lauten Gelächter der umstehenden Kollegen und ich spürte, wie sich meine Gesichtsfarbe veränderte. Helga hatte es wieder einmal geschafft mich vor versammelter Mannschaft lächerlich zu machen. Bevor ich etwas erwidern konnte kam unser Gruppenleiter um die Ecke, und machte uns ein Zeichen was soviel bedeutete wie „Achtung, der Alte ist im Anmarsch."

Alle stoben auseinander und setzten sich mit scheinbar konzentrierten Blicken an ihre Rechner. Mit einem gut gelaunten: „Guten Morgen, allerseits", durchquerte unser Abteilungsleiter unseren Gruppenraum und ging in sein Büro.

Während der Pause sprach mich Britta am Kaffeeautomaten an. Britta war erst seit einigen Wochen in unserer Abteilung und sie hatte es schwer mit den anderen Frauen in Kontakt zu kommen. Die meisten arbeiteten schon seit Jahren zusammen und hatten sich zu kleinen Grüppchen zusammengeschlossen. Britta war jünger und hübscher und hatte ihre Ausbildung mit Auszeichnung bestanden, was sie in den Augen der Kolleginnen nicht gerade sympathischer machte. Britta schaute mich herausfordernd an: „Sag mal, Erwin, warum lässt Du es zu, dass die anderen so oft gemein zu Dir sind. Wehr' Dich doch mal…"

Bevor ich antworten konnte, hatten mehrere Mitglieder unserer Gruppe den Pausenraum betreten und so nahm ich meinen Kaffee und ging zurück an meinen Arbeitsplatz.

Missmutig biss ich von meinem Pausenbrot ab, als ich in der Zeitung eine Notiz las, die mich stocken ließ. „Tierheim sucht dringend ehrenamtliche Mitarbeiter, die uns bei unserer Arbeit unterstützen. Gesucht werden Jugendliche oder Erwachsene, die mit den bei uns lebenden Katzen spielen oder mit unseren Hunden Gassi gehen. Die Wochentage, die Uhrzeit und die Dauer der Betreuung stimmen wir gerne individuell mit Ihnen ab. Bei Interesse rufen Sie uns bitte an oder schicken Sie uns eine E-Mail."

Meine Neugier war geweckt, ich markierte den Aufruf und steckte die Zeitung in meine Tasche. So würde ich doch noch in die Lage kommen über einen Hund Kontakte zu knüpfen, ohne gleich die volle Verantwortung für ein Tier übernehmen zu müssen. Beschwingt ging ich nach Feierabend nach Hause, ich wollte eine Nacht darüber schlafen, bevor ich mich endgültig entschied.

Wenige Tage später, ich wollte gerade noch einmal das Haus verlassen, um meinen Antrittsbesuch im Tierheim zu machen, traf ich Eduard im Treppenhaus. Während er seine Wohnungstür leise schloss hörte ich Hilde keifen: „Du erbärmlicher Feigling, dann hau doch ab......!" Unsere Begegnung war Eduard sichtlich unangenehm und zu meinem großen Erstaunen trug er trotz des schlechten Wetters eine Sonnenbrille. Unterhalb des rechten Glases schimmerte die Haut blau und ich fragte Eduard: „Was ist denn bloß passiert, dass Du bei Regen eine Sonnenbrille tragen musst?" „Ja, weißt Du", erwiderte er stockend: „ich habe eine ganz schlimme Bindehautentzündung und die Brille soll meine Augen vor dem starken Wind schützen." Dann wandte er sich hektisch ab und rief im Gehen: „Entschuldige, Erwin, ich muss los, habe einen dringenden Termin." Ängstlich schaute er auf seine Wohnungstür, die gerade wieder vorsichtig geschlossen wurde.

Ungläubig starrte ich dem davoneilenden Eduard nach. Ich hatte den Eindruck, dass Hilde unsere Unterhaltung belauscht hatte. War es wirklich möglich, dass sie ihrem Mann körperliche Gewalt angetan hatte? Zwar gingen derartige Geschichten dann und wann durch die Medien, aber ich hatte sie nie so richtig glauben können.

Auf jeden Fall wollte ich weiterhin meine Augen und Ohren offenhalten und Eduard bei passender Gelegenheit ansprechen.

Im Tierheim wurde ich freundlich empfangen und nach meinen Wünschen gefragt. Die Freude der Mitarbeiterin war groß als ich berichtete, dass ich den Aufruf in der Zeitung gelesen hätte. Dann musste ich einen Fragebogen mit meinen persönlichen Daten ausfüllen und Angaben dazu machen an welchen

Hund ich gedacht hätte. Da ich keine Erfahrung mit Vierbeinern hatte, führte mich die Angestellte des Tierheims herum. „Bitte überlegen Sie genau welcher Hund für Sie in Frage kommt." Sie sah mich prüfend an: „Jede Rasse bringt unterschiedliche Persönlichkeiten hervor. Die Wesenszüge vererben sich weniger zuverlässig als die Fellfarbe, Statur und andere äußere Merkmale." Erstaunt schaute ich die Frau an: „Also stimmt es gar nicht, dass alle Golden Retriever sanftmütig sind und alle Windhunde allem hinterher jagen was sich bewegt?"

Vor einem Zwinger, in dem Mischlinge untergebracht waren, blieben wir stehen. „Auch Tiere haben ein reiches Spektrum an Charakteren und Eigenschaften. Es gibt neugierige, scheue und auch aggressive oder stressanfällige. Was erwarten Sie von einem Hund, soll er sich nur streicheln lassen oder auch mit Ihnen spielen? Darf er sich mal austoben oder muss er immer nur bei Fuß gehen?" Forschend sah sie mir ins Gesicht und ich fühlte mich ertappt. „Es ist alles in Ordnung", hörte ich die Frau sprechen, „ich vermute, dass Sie noch keine Erfahrung auf diesem Gebiet haben. Das macht auch nichts, ich muss Sie nur darauf hinweisen, dass Sie sich gründlich überlegen was Sie von dem Tier erwarten und sich nicht nur nach der Optik entscheiden." Ich sah mir die Hunde im Käfig genauer an und bemerkte deutliche Unterschiede in Größe, Temperament und im Klang ihrer Stimmen. „Danke für Ihre wertvollen Hinweise", ich gab der Mitarbeiterin des Tierheims die Hand, „das muss ich jetzt erst einmal überdenken, bevor ich mich entscheide. Ist es in Ordnung, wenn ich mich noch ein wenig umsehe?". Sie gab ihr Einverständnis und wir verabredeten, dass ich mich wieder melden würde, wenn ich zu einer Entscheidung gekommen wäre. Mit der Einladung gerne wieder vorbei zu kommen verabschiedete sich die Frau und ich wandte mich wieder ihren Schützlingen zu.

Plötzlich wurde es unruhig. Laut bellend rannte ein kleiner Hund auf und ab und versuchte sogar das Gitter zu erklimmen.

Um die Ursache für diese Aufregung zu erfahren sah ich mich um. Vor Staunen blieb mir der Mund offenstehen. Hinter mir hastete die ältere Dame vorbei, die mich vor dem Juweliergeschäft und im Café beobachtet hatte. Konnte das wirklich wahr sein? Das freudige Bellen ging in ein enttäuschtes Jaulen über und ich war vollends verwirrt.

Ich ging zurück ins Büro, erzählte von dem Vorfall und bat um den Namen der Dame. „Herr Zuckerbein, aus Gründen des Datenschutzes darf ich Ihnen keine Angaben zu der Person machen. Sie möchten doch auch nicht, dass wir Ihre persönlichen Daten weitergeben, oder…?" Mit einem freundlichen Lächeln bat sie mich zu gehen, dass Tierheim würde in wenigen Minuten geschlossen.

Als ich kurz darauf die Bushaltestelle erreichte fuhr der Bus gerade ab und ich konnte nur noch sehen, wie die Frau in der hintersten Reihe Platz nahm. Zu meiner Enttäuschung musste ich feststellen, dass diese Buslinie wie so viele andere am Hauptbahnhof und am ZOB hielt. Von dort fuhren diverse andere Linien und weitere öffentliche Verkehrsmittel in alle anderen Teile der Stadt. Diese Kenntnis brachte mir also keinerlei Vorteile.

Allerdings hatte die Reaktion des Hundes bei mir den Eindruck hinterlassen, dass die Dame häufiger das Tierheim aufsuchte. In Gedanken notierte ich mir den Wochentag und die Uhrzeit unserer zufälligen Begegnung. Vielleicht gehörten die Besuche bei den Hunden zu einem festen Ritual für sie und ich fände endlich eine Möglichkeit sie anzusprechen.

In Gedanken versunken bestieg ich den nächsten Bus und merkte erst nach einer ganzen Weile, dass ich die Haltestelle, an der ich hätte umsteigen müssen, verpasst hatte. Mürrisch stieg ich aus und sah mich um, ich war in einem mir völlig unbekannten Stadtteil gelandet. Auf der anderen Straßenseite entdeckte ich ein Einkaufszentrum und ein Blick auf meine

Armbanduhr riet mir, die Zeit zu nutzen und noch Lebensmittel einzukaufen. Da mir der Supermarkt fremd war musste ich nach den gewünschten Artikeln suchen und irrte durch die Gänge. Meinen Blick auf die Regale gerichtet bemerkte ich nicht, dass eine Kundin vor mir stehen geblieben war und rammte ihr meinen Einkaufswagen in die Hacken. Ein lauter Schrei gellte durch den Laden und ein aufgeregter Mitarbeiter rannte herbei. Mit hochrotem Kopf stammelte ich eine Entschuldigung und erschrak als ich der Frau ins Gesicht sah. Tränen liefen ihr über die Wangen und trotzdem sie eine große Sonnenbrille trug, erkannte ich sie wieder als die Dame aus dem Tierheim. Der Angestellte erkundigte sich besorgt: „Soll ich einen Krankenwagen rufen?"

Leise vernahm ich die Worte: „Vielen Dank, aber das wird nicht nötig sein. Ich würde mich nur gerne einen Moment hinsetzen und wenn ich bitte ein Glas Wasser haben könnte…" Mit einem Blick, den ich nicht deuten konnte, ließ sich die Kundin ins Büro des Marktleiters führen, um sich von dem Schrecken zu erholen. Verwirrt machte ich mich auf die Suche nach der Kasse und verließ anschließend fluchtartig das Geschäft.

Später im überfüllten Bus zwang ich mich, mich auf die Namen der Haltestellen zu konzentrieren, um diesmal nicht den richtigen Ausstieg zu verpassen. Nur mit Mühe gelang es mir mit mehreren vollen Einkaufstaschen der Menschenmenge zu entkommen.

Als ich endlich meine Wohnungstür hinter mir geschlossen hatte fühlte ich mich erschöpft und enttäuscht. Gleich zweimal war ich an diesem Tag der Dame begegnet und ich hatte trotzdem keine Chance gehabt mich mit ihr zu unterhalten.

Aber es brachte mich nicht weiter mir selbst Vorwürfe zu machen, irgendwann würde sich mal eine Gelegenheit ergeben.

Nach dem Essen fühlte ich mich etwas entspannter, holte den Kassenzettel aus dem Lebensmittelmarkt hervor und las den Namen der Straße. Anschließend holte ich meinen Stadtatlas und das Päckchen meines Vaters hervor. Ich entnahm das von Hand gefaltete Notizbuch und suchte die mir unbekannten Namen und Adressen. Die Schrift meines Vaters war nur schwer zu lesen, eben die Handschrift eines Arztes. Nach einer Weile gelang es mir dennoch den Namen A. Landstraße zu entziffern, allerdings fehlte eine Hausnummer. Erst jetzt bemerkte ich, dass die Familiennamen nicht ausgeschrieben waren, sondern dass nur der Anfangsbuchstabe genannt war. Selbst der Vorname war so undeutlich geschrieben, dass es entweder Heike oder Heiko heißen könnte. Was sollte das alles, warum dieses Versteckspiel?

In meine Überlegungen hinein klingelte das Telefon. Nachdem ich mich mit müder Stimme gemeldet hatte, hörte ich Tim am anderen Ende der Leitung: „Mensch, alter Junge, ich habe seit gefühlten Ewigkeiten nichts von Dir gehört. Was treibst Du denn so?" Ich berichtete von den Ereignissen dieses Tages und von meiner Verwirrung. Natürlich konnte auch Tim sich keinen Reim darauf machen, aber stattdessen fragte er: „Wie sieht es am Freitag bei Dir aus, hast Du Lust mit mir in ein Konzert zu gehen? Ich habe zwei Freikarten gewonnen und Pia hat leider keine Zeit. Ich würde mich sehr freuen, wenn Du mitkommst." Im Moment war mir zwar gar nicht danach zu Mute, dennoch sagte ich zu. Tim war mein einziger wirklicher Freund und diesen Kontakt wollte ich auf jeden Fall erhalten.

Den Termin notierte ich mir im Kalender und wandte mich wieder meinem Stadtatlas zu. A. Landstraße konnte nur die Alte Landstraße sein und die war verdammt lang. Ohne konkrete Namensangabe oder Hausnummer würde es sehr schwierig werden eine bestimmte Person zu finden. Blieb noch das Einkaufszentrum. War es Zufall gewesen, dass die Frau dort eingekauft hatte, oder war sie dort regelmäßig zu finden? Das Geschäft hatte an sechs Tagen in der Woche von 7.00 Uhr morgens bis 23.00 Uhr geöffnet, die Chance auf eine erneute Begegnung war also äußerst gering. Frustriert ging ich ins Bett, aber an Schlaf war nicht zu denken.

Am nächsten Morgen ging ich wie gerädert zur Arbeit. Es entging mir nicht, dass meine Kollegen mich mit verstohlenen Blicken beobachteten. Dann meldete Britta sich per E-Mail bei mir und wir verabredeten uns für die Mittagspause. „Erwin, Du siehst aus als hättest Du kaum geschlafen, geht es Dir nicht gut?" Ich wollte nicht darauf eingehen, aber Britta ließ nicht locker und so berichtete ich von meinem Missgeschick am Vortag. Die früheren Begegnungen mit der Frau verschwieg ich jedoch, ich war noch nicht sicher, ob ich Britta trauen konnte. Freundschaftlich legte sie mir ihre Hand auf den Arm: „Ach Erwin, das ist doch nicht so schlimm, das ist mir auch schon passiert. Außerdem hast Du Dich doch auch bei der Dame entschuldigt. Hattest Du etwa deswegen eine schlaflose Nacht?"

Eine Weile gingen wir schweigend nebeneinanderher bis zur Imbissbude. Der Verkäufer zwinkerte mir zur Begrüßung verschwörerisch zu und musterte Britta ganz unverhohlen als er nach unseren Wünschen fragte. Britta ignorierte seinen Blick und sah mich von der Seite an. Leise sagte sie: „Eigentlich spreche ich nicht gerne darüber, wie ich meine Freizeit verbringe, aber bei dir mache ich mal eine Ausnahme. Seit einiger Zeit mache ich einen Kurs an der Volkshochschule, Improvisations-Theater." Ungläubig sah ich sie an: „Du machst was...?" „Improvisations-Theater. Das bedeutet, dass wir ohne feste Rollen spielen. Wir bekommen ein Thema gesagt und müssen uns spontan eine Situation dazu überlegen." Ungeduldig sah sie dem Mann hinter dem Tresen zu, wie er frische Würstchen auf den Grill legte. „Meistens spielen wir eine Szene zu zweit oder auch zu mehreren. Dein Erlebnis im Supermarkt könnte auch so eine Spielszene sein. Dabei gibt es kein richtig und kein falsch, wir lernen einfach spontan zu reagieren."

Ganz selbstverständlich führte sie ihre Gabel auf meinen Teller und bediente sich an meinen Pommes. Mit vollem Mund fuhr sie fort: „Es macht riesigen Spaß und ich habe durch diesen Kurs schon sehr viel gelernt. Seit ich da mitmache bin ich viel offener und wesentlich freier geworden. Vielleicht wäre das ja auch etwas für dich." „Na, ich weiß nicht", gab ich zögernd zur Antwort. „In zwei Wochen geht dieser Kurs leider schon wieder zu Ende. Aus diesem Grund gibt wieder eine so genannte „offene Probe". Britta bemerkte meinen fragenden Blick und fuhr fort: „Das bedeutet, an diesem Abend sind Gäste herzlich eingeladen uns zu besuchen. Wer mag und sich traut kann mitspielen oder Vorschläge zu den Spielszenen machen. Das ist immer sehr lustig und zum Abschluss gibt es noch ein nettes Beisammensein von Teilnehmern und Gästen. Dazu gibt es kleine Leckereien und Getränke." Voller Begeisterung sprudelte es aus ihr heraus: „Du bist herzlich eingeladen, komm doch einfach mal vorbei, es ist völlig unverbindlich und der Eintritt ist frei. Überlege es dir bitte, ich würde mich sehr freuen, wenn du kommst und ich denke es würde dir gefallen."

Gleichzeitig blickten wir auf unsere Armbanduhren und stellten erschrocken fest, dass unsere Mittagspause schon fast vorbei war. Wir verabschiedeten uns und gingen auf getrennten Wegen ins Büro zurück, um dem Gerede unserer Kollegen zu entgehen.

In den nächsten Tagen kam Britta nicht zur Arbeit, es hieß sie sei krank. Was sie hatte wusste niemand und ich hatte keine privaten Daten von ihr, um mich erkundigen zu können. Warum hatte ich es nur versäumt mir ihre Handynummer geben zu lassen? Ich schimpfte mich selbst einen elenden Trottel.

Dann kam der Abend, an dem ich mit Tim zum Konzert verabredet war. Von der Musik waren wir beide nicht besonders begeistert, aber wir genossen unser Wiedersehen. Euphorisch erzählte Tim von den neuesten Ereignissen, in seinem Leben. Beruflich war er erfolgreich und auch sein Privatleben gestaltete sich zu seiner Zufriedenheit. Dann wollte er wissen was sich in der Zwischenzeit bei mir ereignet hatte. Kurz berichtete ich von meinem Zusammentreffen mit der alten Dame im Tierheim und von meinem Missgeschick im Supermarkt.

Lachend schüttelte Tim den Kopf: „Junge, Junge, da hast du ja einen richtigen Volltreffer gelandet. Schade, dass die Frau dich nicht wegen Körperverletzung angezeigt hat. Auf dem Weg hättest du sicher ihren Namen und ihre Adresse erfahren."

Verwirrt starrte ich Tim an: „Auf diese Idee bin ich ja noch gar nicht gekommen. Aber dann hätte ich ja einen Anwalt einschalten müssen, wovon sollte ich den bezahlen?" Mit einem Grinsen im Gesicht raunte er mir zu: „Dann muss Susi eben mal auf deine Besuche verzichten."

Damit hatte er mich getroffen: „Ich war schon lange nicht mehr bei Susi", gab ich kleinlaut zu, „inzwischen habe ich gemerkt, dass Sex allein mir nicht reicht." „Es tut mir leid, ich wollte Dir nicht zu nahetreten", Tim legte mir kurz seinen Arm um die Schultern. „Gibt es denn keine Frau, die dir gefällt? Was ist mit deinen Arbeitskolleginnen, ist da auch keine dabei die dich interessiert?" Er beobachtete mich von der Seite: „Na, erzähl' schon, ich sehe dir an, dass da was läuft..."

Begeistert erzählte ich von meiner Mittagspause mit Britta und von ihrer Einladung zur offenen Probe. „Mensch, alter Junge, das ist doch toll! Bleib an der Sache dran und probiere dich aus, in jeder Hinsicht meine ich." Er stieß mir freundschaftlich in die Rippen: „nur nicht aufgeben, das wird schon!" Wir hatten den Punkt erreicht, an dem sich unsere Wege trennten und wir verabschiedeten uns mit dem Versprechen uns nicht aus den Augen zu verlieren.

Am nächsten Tag ging ich alleine zu der Imbissbude und der Verkäufer grinste mich verschwörerisch an: „Alle Achtung, Erwin, das war ja ein toller Käfer neulich. So eine heiße Braut hätte ich dir gar nicht zugetraut, wo hast du die denn aufgerissen?" Ich hatte keine Lust mit ihm über Britta zu reden und beschränkte mich darauf meine Bestellung aufzugeben. „Stille Wasser sind tief", grummelte der Mann hinter dem Tresen vor sich hin, „ich hab's ja schon immer gesagt."

Lustlos stocherte ich in meinen Pommes herum. Der Gedanke daran mit wieviel Genuss Britta sich von meinem Teller bedient hatte machte mich traurig. Was mochte bloß mit ihr sein, ich wünschte ich könnte etwas für sie tun.

In der darauffolgenden Woche kam Britta endlich wieder ins Büro, aber sie sah verändert aus. Ihr Gesicht war blass und schmal geworden, sie wirkte müde und erschöpft. Auf meine Frage nach einer gemeinsamen Mittagspause kam nur eine knappe Antwort per Mail: „Es tut mir leid, ich kann nicht". Ich verstand die Welt nicht mehr, war ich Britta in irgendeiner Weise zu nahegetreten? Nein, das konnte ich mir beim besten Willen nicht vorstellen. Es musste einen anderen Grund geben. Sicher würde ich es eines Tages erfahren.

Die Gelegenheit zu einem kurzen Gespräch ergab sich überraschend schnell. Bei einem Umtrunk anlässlich des Geburtstags unseres Chefs zupfte Britta mich unauffällig am Ärmel und flüsterte: „Erwin, ich kann mich nicht mehr mit dir treffen. Mein Ex hat uns zusammen gesehen und er ist völlig ausgerastet." Hastig stellte sie ihr Glas ab und verließ mit Tränen in den Augen so schnell sie konnte das Büro. Ich war sprachlos, mit welchem Recht verbot der Mann seiner ehemaligen Freundin den Kontakt mit anderen Männern?

Einmal mehr wurde mir klar, dass ich nur sehr wenig von dem wusste was im wirklichen Leben vor sich ging.

Wann würde ich endlich erwachsen werden?

Auf meinem Heimweg ging ich noch in den Supermarkt, um Lebensmittel zu kaufen. Im Laden achtete ich genau darauf, wohin ich meinen Einkaufswagen steuerte. Als ich alle Artikel gefunden hatte, machte ich mich auf den Weg zu den Kassen. Nur eine von dreien war geöffnet und einige Kunden forderten lautstark die Öffnung einer weiteren Kasse. Mit mürrischem Gesicht eilte eine junge Frau herbei und forderte die Menschen auf, auch zu ihr zu kommen. Die Menschenmenge teilte sich und es ging schneller voran. In der Reihe vor mir entdeckte ich einen Mann, der mir bekannt vorkam. Die Größe und die Statur erinnerten mich an meinen Nachbarn Eduard, den ich seit längerer Zeit nicht mehr gesehen hatte. Etwas zwang mich diese Person genauer zu beobachten und ich stellte fest, dass es sich tatsächlich um Eduard handelte. Zu meinem großen Erstaunen legte er eine große Flasche Korn und drei Flachmänner auf das Laufband. Als er an der Reihe war, holte er mit zitternden Fingern seine Geldbörse hervor und bezahlte. Die große Flasche verstaute er in einer Aktentasche, je einen kleinen Flachmann in der rechten und in der linken Jackentasche. Mit der dritten in der Hand verließ er eilig das Geschäft. Draußen vor dem Laden sah Eduard sich nach allen Seiten um, bevor er die kleine Flasche mit einem gierigen Zug leerte.

Fasziniert von meinen Beobachtungen hatte ich nicht bemerkt, dass die Kassiererin meine Waren über den Barcode-Scanner gezogen hatte und auf mein Geld wartete. Schnell zog ich einen Geldschein aus meiner Brieftasche, nahm das Wechselgeld entgegen und packte hektisch meine Einkäufe ein.

Draußen war von Eduard nichts mehr zu sehen, er war wie vom Erdboden verschluckt. Meine Gedanken überschlugen sich. Vor einigen Wochen war ich Zeuge des Streits mit Hilde geworden, dann hatte Eduard ein blaues Auge gehabt und jetzt die Gier nach Alkohol. Was war bloß los, musste Eduard sich das Leben wirklich schön trinken?

Ich machte mich auf den Weg zu meiner Wohnung und nahm mir vor genauer auf die Vorgänge im Haus zu achten.

Als ich in die Nähe meiner Wohnung kam, sah ich eine männliche Gestalt vor mir. Der Mann schlurfte und wankte und zeitweise drohte er völlig das Gleichgewicht zu verlieren. Da ich sicher war, dass es sich bei dem Mann um meinen Nachbarn Eduard handelte, verlangsamte ich meine Schritte. Ich fühlte mich nicht in der Lage mit ihm in seinem angetrunkenen Zustand zu sprechen. Zu sehr erinnerte er mich an meinen Vater, wenn er abends betrunken nach Hause gekommen war. Verborgen hinter der Hecke, die das Grundstück zur Straße hin begrenzte, beobachtete ich Eduard wie er sich bemühte den Schlüssel ins Schloss zu stecken und die Haustür zu öffnen. Seinem Fluchen entnahm ich, dass Hilde sein Klingeln ignoriert hatte. Erst nachdem sich die Tür geräuschvoll geschlossen hatte setzte ich meinen Weg fort. Im Hausflur hörte ich Hilde keifen: „Du alter Penner, wo hast du dich wieder herumgetrieben…?" Dann wurde ihre Wohnungstür zugeknallt und ich begab mich schnell in meine eigenen vier Wände.

Die Erinnerungen an meine Kindheit ließen mich in dieser Nacht kaum schlafen. Immer wieder sah ich das zornige vom Alkohol gerötete Gesicht meines Vaters vor mir. Auch meine Mutter erschien mir im Traum. Mit ängstlichem Gesicht und ausgebreiteten Armen stellte sie sich vor mich, um mich zu beschützen.

Schließlich hielt ich es nicht mehr aus, ich duschte eiskalt und machte mich ohne Frühstück auf den Weg zur Arbeit. Als ich an unseren Briefkästen vorüber ging fiel mir ein, dass ich in den letzten Tagen nicht nachgesehen hatte, ob Post für mich gekommen war. Gerade wollte ich das Türchen meines Briefkastens wieder schließen als die Tür zur Wohnung des Hausmeisters geöffnet und gleich darauf wieder hektisch geschlossen wurde. Hinter der Tür waren aufgeregte Stimmen zu hören, aber ich sagte mir das ginge mich nichts an und verließ das Haus.

Da ich an diesem Tag sehr früh mit meiner Arbeit begonnen hatte, konnte ich auch zeitig Feierabend machen. Um auf andere Gedanken zu kommen beschloss ich noch ins Tierheim zu fahren. Die Dame in der Verwaltung begrüßte mich freundlich: „Hallo Herr Zuckerbein, ich freue mich Sie zu sehen. Wollen Sie sich noch einmal bei unseren Hunden umsehen?" Als ich bejahte fuhr sie fort: „Sie kennen sich hier ja aus, außerdem treffen Sie auf dem Hundespielplatz eine junge Dame, die regelmäßig kommt. Sie heißt Louisa und wird Ihnen sicher gerne Auskunft geben, wenn Sie noch Fragen haben." Mit einem Augenzwinkern wandte sie sich wieder ihrer Arbeit zu und ich machte mich auf den Weg zu den Zwingern.

Kurz bevor ich mein Ziel erreichte kam mir eine junge Frau entgegengelaufen. Ihr Gesicht war gerötet, aber sie strahlte und machte einen glücklichen Eindruck. In der Hand hielt sie eine Leine, an der ein junger Hund zerrte und aufgeregt bellte. „So du kleiner Racker, das war's für heute. Du hast mich ganz schön geschafft", sie löste die Hundeleine und das Tier lief sofort in seinen Käfig und trank seinen Napf leer. Dann wandte sich die Frau mir zu: „Sie habe ich hier doch schon einmal gesehen, ich dachte schon Sie hätten es sich anders überlegt…" Mit den Worten: „Ich heiße übrigens Louisa", streckte sie mir ihre Hand entgegen. „Zuckerbein, Erwin Zuckerbein" antwortete ich, nachdem ich bemerkt hatte, dass sie stutzte als ich meinen Familiennamen nannte. „Ist es ok, wenn wir du sagen?", Louisa sah mir lächelnd in die Augen. „Ja, klar", hörte ich mich überrascht erwidern. „Hast du dich schon für einen Hund entschieden?", Louisa blickte mich fragend an. „Ehrlich gesagt noch nicht", gab ich kleinlaut zu. „Lass dir ruhig Zeit", bekam ich zur Antwort. „Ich habe anfangs auch den Fehler gemacht und mir Tiere ausgesucht, die dann sehr schnell vermittelt worden sind. Natürlich freue ich mich für die Hunde, wenn sie ein neues Zuhause bekommen, aber für mich war es immer auch ein Stich ins Herz." An meinem Gesichtsausdruck musste Louisa gesehen haben, dass ich den Sinn ihrer Worte nicht verstanden hatte. Sie fuhr fort: „Ich hätte gerne einen eigenen Hund, aber das geht im Moment zeitlich nicht. Darum komme ich so oft es geht hier her und spiele mit den Hunden oder führe sie aus." Nachdenklich sah sie mich an: „Dabei gewöhnt man sich schnell aneinander. Es ist für mich immer eine große Freude, wenn ich sehe wie begeistert die Hunde sind, wenn ich komme. Ja, und dann sind sie plötzlich nicht mehr da…" Nach einem Moment des Schweigens sprach Louisa weiter: „Aber es gibt schließlich auch noch diejenigen, die keiner mehr haben will, weil sie alt oder krank sind. Aus diesem Grund habe ich mich entschlossen meine Zeit aufzuteilen. Erst beschäftige ich mich mit den jungen Wilden und dann kümmere ich mich um die Sorgenkinder. Besonders die betagten und schwachen sind dankbar für einen kurzen Spaziergang und für ein paar Streicheleinheiten."

In Gedanken versunken schwiegen wir einen Moment.

„Ich muss mich noch um Oldie kümmern, hast du Lust mitzukommen?" Erstaunt fragte ich: „Ist Oldie der richtige Name oder nennst du den Hund nur so?" Louisa lachte: „Oldie ist mein Spitzname für die alte Hündin, und ihr scheint er zu gefallen." Auf dem Weg, zu dem etwas weiter abgelegen Käfig erzählte sie: „Oldie hat viele Jahre als Polizeihund gedient, bis ihr Herrchen plötzlich verstorben ist. Die Witwe hat schließlich einen neuen Partner gefunden, der allerdings allergisch gegen

Hundehaare ist. Zurück in den Polizeidienst konnte Oldie nicht mehr, dazu war sie zu alt. Inzwischen lebt sie nun schon einige Jahre hier." Nachdenklich sagte Louisa: „Auch Tiere haben oft ein trauriges Schicksal."

Wir gingen an kleineren Zwingern vorbei in denen jeweils nur ein Hund untergebracht war. In einiger Entfernung ertönte plötzlich ein freudiges Bellen und am Gitter erschien ein Schäferhund mit aufgestellten Ohren und wedelndem Schwanz. „Hallo Oldie", rief Louisa begeistert aus, „hast du mich schon gehört?" Sie öffnete die Tür des Käfigs und streichelte die Hündin, die sich an sie schmiegte. „Schau mal, Oldie, wen ich dir heute mitgebracht habe", dabei wies sie kurz mit einer Hand auf mich, um gleich darauf wieder das Tier mit beiden Händen zu liebkosen. Oldie sah mich an, löste sich von Louisa und kam langsam auf mich zu. „Bleib einfach ganz ruhig stehen, Erwin" erklang Louisas sanfte Stimme. „Strecke deine rechte Hand aus damit sie dich beschnuppern kann. Ja, so ist es gut und nun streichle Oldie auch ein wenig." Zögerlich strich ich der Hündin über das Fell und sie musterte mich dabei ganz genau. „Du bist ein ganz braver Hund, Oldie", flüsterte Louisa dem Tier ins Ohr, „was hältst du von einem kleinen Spaziergang? Meinst du wir können Erwin mitnehmen…?" Langsam ging Oldie zur Tür und ließ sich bereitwillig die Leine anlegen. Als wir eine Viertelstunde später zurück kehrten trottete Oldie erschöpft in ihren Käfig zurück, ließ sich noch mit einigen Leckerlies und ein paar Streicheleinheiten verwöhnen, legte sich hin und schloss die Augen. Leise verriegelte Louisa die Tür und gab mir die Hand: „Es war schön mit dir Erwin, aber jetzt muss ich dringend los. Ich hoffe wir sehen uns in Zukunft öfter hier im Tierheim." Mit diesen Worten holte sie ihr Fahrrad aus einem nahegelegenen Gebüsch und fuhr winkend davon.

Nach einem letzten Blick auf Oldie, die zufrieden eingeschlafen war, machte ich mich auf den Weg nach Hause.

Die Begegnung mit Louisa im Tierheim hatte mich beeindruckt, sie war offen und unverkrampft gewesen.

Als Britta mich wenige Tage später erneut zur offenen Probe ihres Impro-Theater-Kurses einlud, sagte ich, ohne lange zu überlegen, zu.

Mit einem flauen Gefühl im Magen machte ich mich auf den Weg. Britta hatte mir erzählt, dass die Veranstaltung im Dachgeschoß des Gemeindehauses einer freikirchlichen Gemeinde stattfinden würde. Sie ermunterte mich schon eine halbe Stunde vor dem offiziellen Beginn zu kommen, um mich der Leiterin des Kurses und den anderen Teilnehmern vorstellen zu können. Außerdem hätte ich so die Gelegenheit an den Aufwärmübungen der Gruppe teilzunehmen und mir einen guten Sitzplatz zu reservieren.

Im Treppenhaus hörte ich schon fröhliche Stimmen und Gelächter. Als ich den Raum betrat sah ich etwa zehn Frauen und Männer unterschiedlichen Alters. Alle waren schwarz gekleidet, ihre Wangen waren vor Aufregung gerötet und die Augen glänzten. Britta kam sofort auf mich zu und begrüßte mich sehr herzlich, bevor sie mich der Leiterin und den übrigen Mitspielern vorstellte. Die Kursleiterin gab mir lachend die Hand: „Hallo, ich bin Hannah, wir duzen uns hier alle, ist das ok?" Als ich nickte fuhr sie fort: „Wir freuen uns, dass du gekommen bist, männliche Verstärkung können wir sehr gut gebrauchen. Ich hoffe, dass es dir gefällt und du Lust bekommst bei uns mitzumachen." Dann wurde Hannah von einer anderen Teilnehmerin in ein Gespräch verwickelt und ich nutzte die Gelegenheit mich ein wenig umzusehen. Der Raum hatte neben einigen Dachfenstern auch eine große Fensterfront zur Straße. Diese Fenster waren mit riesigen Stofftüchern verhängt und davor war Platz für die Bühne. In einigem Abstand standen mehrere Stuhlreihen und am anderen Ende des Raumes war ein Buffet mit Leckereien und Getränken aufgebaut. Seitlich von der Bühne stand ein langer Tisch, auf dem Hüte und Mützen, Perücken, Tücher und ein buntes Sammelsurium von Taschen und anderen Requisiten lagerte. Britta hatte bemerkt, dass ich interessiert das eine oder andere Teil in die Hand genommen hatte. „Von diesen Dingen darf jeder nach Lust und Laune Gebrauch machen", erklärte sie mir, „ich habe dir ja erzählt, dass es im Impro-Theater keine festen Rollen gibt. Wie ich sehe ist dein Interesse geweckt, du kannst nachher gerne mitmachen." Nachdem sie mich angesehen hatte fuhr Britta fort: „Keine Angst, Erwin, bei uns gibt es kein richtig und kein falsch. Du wirst sehen, es macht einfach ganz viel Spaß."

Hannah klatschte laut in die Hände und bat uns einen Kreis zu bilden. Dann folgten Lockerungsübungen und wir wurden aufgefordert verschiedene Sprechübungen in unterschiedlichen Lautstärken zu machen. Wir sollten Freude, Wut, Leidenschaft oder auch Trauer ausdrücken.

Dann war es soweit und die ersten Zuschauer erschienen, unter ihnen auch Louisa, der ich von der offenen Probe erzählt hatte. Etwas unsicher sah sie sich im Raum um, strahlte dann aber über das ganze Gesicht als sie mich entdeckte. Ich winkte Louisa zu und sie setzte sich auf den freien Platz neben mir. Britta hatte die Situation mit angespannter Miene beobachtet, sagte aber nichts, sondern wandte sich demonstrativ wieder den anderen Mitspielern zu. Hannahs Mann Günther baute seine Kamera auf und die Darsteller nahmen in der ersten Reihe Platz. Als der Raum gut gefüllt war begrüßte Hannah die Gäste, wünschte ihnen viel Spaß und lud sie ein, sich aktiv in das Geschehen einzubringen. Danach forderte Hannah zwei Kursteilnehmer auf die Bühne zu betreten und es wurde mucksmäuschenstill im Raum. So wurden immer wieder neue Paare gebildet und mit Aufgaben betraut. Die Besucher wurden aufgefordert Vorschläge zu machen wo die Begegnung der Schauspieler stattfinden sollte und unter welchen Umständen. Die Darsteller griffen je nach Vorgabe der Szene bei den Requisiten zu und brachten mit ihren Dialogen und mit ihrer Gestik das Publikum zum Lachen.

Schließlich wurde noch eine Unterhaltung in ABC-Sätzen geführt, in der der nächste Satz mit dem jeweils folgenden Buchstaben des ABC beginnen musste. Die Gäste klatschten begeistert Beifall und es folgte der Höhepunkt des Abends.

Hannah bat einen ihrer Kursteilnehmer und einen Gast auf die Bühne. Britta meldete sich freiwillig und ich hörte sie sagen: „Erwin, ich hätte dich gerne als meinen Partner." Als ich zögerte kam sie zu mir und zog mich am Arm mit sich: „Britta, ich kann das nicht", knurrte ich mit zusammengebissenen Zähnen. Britta lächelte mich an, dann wandte sie sich an die Anwesenden, zeigte auf mich und sagte mit freundlicher Stimme: „Dies ist Erwin, ein lieber Kollege von mir. Erwin ist heute das erste Mal dabei, bitte macht ihm Mut und begrüßt ihn mit einem kräftigen Applaus." Sofort wurde heftig geklatscht, bis Hannah kam und uns eine Aufgabe stellte: „Ihr seht dort auf dem Tisch verschiedene Taschen, Rucksäcke und Beutel, bitte sucht Euch jeder etwas aus." Da ich den Sinn dieser Aktion nicht verstand griff ich das Exemplar, das für mich am schnellsten erreichbar war. Es handelte sich um eine grasgrüne Strandtasche mit einer großen Blume darauf. Britta nahm eine kleine Damenhandtasche aus Leder. Dann erklärte Hannah: „In jeder dieser Utensilien habe ich einen Gegenstand versteckt. Im Laufe der Spielszene öffnet ihr bitte das Teil, für das ihr euch entschieden habt und bezieht den darin befindlichen Gegenstand in eure Rolle mit ein. Dabei könnt Ihr die Bedeutung und die Verwendung des Inhalts gerne verfremden." Und an die Zuschauer gewandt fuhr sie fort: „Wo sollen Britta und Erwin sich begegnen und in welcher Stimmung soll die Szene gespielt werden?" Sofort kam ein Zuruf aus dem Publikum: „Sie treffen sich auf dem Friedhof." Panik stieg in mir auf und mir brach der Schweiß aus. Hannah freute sich über den spontanen Vorschlag und fragte noch einmal nach, in welcher Gemütslage sich einer von uns oder wir beide uns befinden sollten. Als auch das mit Hilfe der Zuschauer geklärt war begann Britta zu spielen. Sie gab die trauernde Witwe, putzte den Grabstein und stellte frische Blumen in die Vase. Danach stand sie eine Weile still und wischte sich verstohlen Tränen aus dem Gesicht. Plötzlich zuckte sie zusammen als hätte sie sich beobachtet gefühlt. Nachdem Britta sich misstrauisch umgesehen und mich entdeckt hatte, entspannte sich ihr Gesichtsausdruck. Sie kam auf mich zu und begrüßte mich fröhlich wie einen alten Bekannten, den sie seit Jahren nicht mehr gesehen hatte. Meiner Vorgabe entsprechend verhielt ich mich abweisend und mürrisch. Auf ein Zeichen von Hannah öffnete ich meine Tasche und fischte einen merkwürdigen Gegenstand heraus. „Was ist das denn…?" entfuhr es mir vor Schreck und ich versuchte herauszufinden, worum es sich handelte, indem ich das Teil drehte und wendete.

Währenddessen redete Britta weiter auf mich ein, jetzt aber auf Anweisung eines Gastes aggressiv: „Erwin, ich habe dir nie verziehen, dass du dich mit mir verlobt hast und am Ende eine andere Frau geheiratet hast, weil sie ein Kind von dir erwartete!"

Grimmig schaute Britta mich an und ich hatte die Aufgabe bekommen mich über sie lustig zu machen. „Britta, Schätzchen, Verlobung ist ein Versprechen und versprechen kann sich doch jeder mal!", grinsend sah ich sie an. In der Zwischenzeit hatte ich herausgefunden, dass es sich bei meinem Utensil um eine Mütze handelte. Sie war aus schwarzem Fließ, hatte acht Zipfel und an jedem dieser Zipfel hing ein Bommel aus farbiger Wolle. Umständlich setzte ich mir die Mütze auf, während ich die letzten Worte sprach. Britta riss vor Schreck die Augen auf und der Mund blieb ihr offen stehen. Als das Publikum vor Begeisterung brüllte war es auch mit Brittas Fassung vorbei und lang anhaltender Beifall beendete unsere Szene.

Hannah erklärte die Vorstellung für beendet und lud alle ein sich am Buffet zu bedienen.

Spontan umarmte Britta mich und rief: „Erwin, das war ja super, du hast wirklich großes Talent." Auch die anderen Darsteller und einige Gäste gratulierten mir zu meinem Auftritt. Mehrfach wurde ich eingeladen in Zukunft an dem Kurs teilzunehmen.

Auch Louisa beglückwünschte mich zu meinem gelungenen Auftritt. An der kleinen Feier konnte sie leider nicht mehr teilnehmen, weil sie am nächsten Morgen sehr früh in der Uni sein musste.

An diesem Abend fühlte ich mich so angenommen, wie ich war und frei von meiner Vergangenheit.

Überwältigt von mir selbst und erschöpft, aber glücklich ging ich an diesem Abend sehr spät in mein Bett und fiel sofort in einen tiefen Schlaf.

Die offene Probe hatte an einem Donnerstag stattgefunden und den folgenden Tag hatte Britta einen Tag Urlaub genommen. Als wir uns am Montag im Büro begegneten fragte ich: „Hallo Britta, hast du ein schönes Wochenende gehabt?" Sie zeigte mir nur die kalte Schulter und setzte sich mit ernster Miene an ihren Arbeitsplatz. „Britta hat wohl wieder Stress mit ihrem Ex gehabt", ging es mir durch den Kopf, und ich wandte mich meiner Arbeit zu.

Wenige Tage später zupfte Britta mich am Ärmel: „Erwin, Hannah hat mich gebeten dir Grüße von ihr auszurichten. Die Volkshochschule hat eine Verlängerung des Impro-Theater-Kurses genehmigt. Es wird vier weitere Übungsabende geben und Hannah lädt dich herzlich ein dazu zu kommen. Die Gruppe freut sich auf dich." Begeistert nahm ich diese Einladung an.

Nachdem die Übungsabende vorüber waren wollte ich Tim an meiner Freude teilhaben lassen und ihm von meinen Fortschritten berichten. Telefonisch erreichte ich meinen Freund nicht, vielleicht hatte er Urlaub und war verreist. So schrieb ich ihm eine SMS und teilte ihm mit, dass ich gerne mit ihm reden würde. Auch auf diese Kurznachricht bekam ich keine Antwort. Erneut versuchte ich es per Telefon und hatte endlich Glück. Aber was war das, war es wirklich Tim mit dem ich sprach? Seine Stimme klang müde und traurig als befände er sich in einer tiefen Depression. „Tim, wir haben so lange nichts voneinander gehört, wie geht es dir?" fragte ich mit gedämpfter Stimme. Ein lauter Seufzer drang an mein Ohr. „Ach Erwin, ich bin der größte Idiot unter der Sonne…" „Tim, was ist denn bloß passiert?" Mit tränenerstickter Stimme flüsterte Tim: „Pia hat mich verlassen." „Aber wie konnte das denn passieren, Ihr habt euch doch immer so gut verstanden…"

„Pia hat es nicht mehr mit mir ausgehalten, sie hat sich beschwert, dass ich in ihr nur noch die Haushälterin sehe, die uns den Haushalt führt. Sie hat sich nicht mehr als die geliebte Frau an meiner Seite gefühlt. Sie meint ich hätte sie emotional vernachlässigt." Tim schluchzte und schnäuzte sich geräuschvoll die Nase. „Erinnerst du dich an unser gemeinsames Wochenende, Erwin? Damals hat Pia angeblich eine Freundin besucht, in Wirklichkeit hat sie die Tage mit ihrem neuen Lover verbracht." Wieder hörte ich Tim am anderen Ende der Leitung weinen. „Sie hatte sich schon in der Vergangenheit bei mir beschwert und gesagt, dass sie sich vernachlässigt fühlen würde. Aber ich habe sie nicht ernst genommen und nun ist es zu spät…" „Tim, ist es wirklich so ernst, kannst du nicht noch einmal mit ihr sprechen?" „Im Moment herrscht totale Funkstille zwischen uns, Pia hat sich Bedenkzeit erbeten und mir ausdrücklich untersagt mich bei ihr zu melden. Sie hat darauf bestanden, dass sie selbst den nächsten Schritt unternimmt, wenn es diesen nächsten Schritt denn überhaupt geben wird." Darauf wusste ich keine Antwort und Tim sagte. „Erwin sei mir bitte nicht böse, ich muss jetzt Schluss machen. Ich melde mich wieder bei dir..." Mit diesen Worten endete unser Gespräch. Ich saß da und starrte mein Telefon an. Mit dieser Nachricht hätte ich im Leben nicht gerechnet, die musste ich erst einmal verdauen.

Die Zeit der Schulferien ging schnell vorbei und die Volkshochschule bot einen weiteren Kurs an. Die Wochen in denen die weiteren Übungsabende der Impro-Theater-Gruppe stattfanden vergingen wie im Fluge. Der Kontakt zu den anderen Teilnehmern war locker und fröhlich. Noch nie in meinem ganzen Leben hatte ich soviel Spaß gehabt und so häufig gelacht. Auch meinen Arbeitskollegen blieb die Veränderung in meinem Verhalten nicht verborgen. Sticheleien und Gemeinheiten begegnete ich spontan, was erstaunt zur Kenntnis genommen wurde. Besonders Helga, die sich in der Vergangenheit häufig über mich lustig gemacht hatte, beäugte mich misstrauisch. Britta nahm diese Auseinandersetzungen scheinbar teilnahmslos hin, aber bei passender Gelegenheit lobte sie mich für meine Konter und bestärkte mich in meinem Verhalten.

Immer häufiger stellte ich erstaunt fest, dass ich gut gelaunt und lächelnd durch das Leben ging.

Auch meine Besuche im Tierheim trugen zu meiner guten Stimmung bei. Inzwischen wusste ich zu welchen Zeiten Louisa da war und ich ließ mir gerne Tipps im Umgang mit den Hunden geben. Louisa hatte mir erzählt, dass sie Psychologie studierte und in ihrer ehrenamtlichen Tätigkeit einen willkommenen Ausgleich zu ihrer Arbeit am Schreibtisch sah. Auch ihr fiel auf, dass ich mich in den letzten Wochen verändert hatte und ich fasste Vertrauen zu ihr.

Bei unserem nächsten Treffen bemerkte Louisa sofort, dass mich etwas belastete. Nach einigem Zögern berichtete ich von dem anonymen Brief, den ich am Tag zuvor bekommen hatte. Die Worte „Ich hasse Dich!" waren aus Zeitungsartikeln ausgeschnitten und auf ein leeres Blatt Papier geklebt worden. „Wer hasst dich denn, und warum?", auf diese Frage wusste ich selbst keine Antwort. Louisa sah mir fragend ins Gesicht, aber die Zeit schien mir noch nicht reif ihr meine Lebensgeschichte zu erzählen.

Im Büro war die Stimmung angespannt. Regina kam nach der Geburt ihres zweiten Kindes aus der Elternzeit zurück. Helga, die sie während dieser Zeit vertreten hatte, machte sich Sorgen, um ihren Arbeitsplatz und versuchte Regina bei den Kollegen schlecht zu machen. Regina, eine kräftige Frau mit viel Temperament und einer lauten Stimme bemühte sich ihrerseits den Kontakt zu früheren Mitarbeitern wieder aufleben zu lassen. Diejenigen, die sie bisher noch nicht kannte umgarnte sie mit Schmeicheleien und versuchte mit zweideutigen Witzen ihr Interesse zu wecken.

Ich begegnete ihr im Pausenraum als ich mir gerade eine Flasche Wasser holen wollte. „Hallo, ich bin Regina, wir beide haben uns ja noch gar nicht so richtig kennen gelernt. Du bist Erwin, stimmt's?" Sie schob die Brust vor und die Knöpfe ihrer Bluse spannten so stark, dass ich befürchtete sie würden jeden Moment abreißen und mir entgegenfliegen. „Na ja, wir werden uns nun ja öfter sehen, darauf freue ich mich schon…", mit diesen Worten machte sie sich auf den Weg zurück an ihren Arbeitsplatz. In der Tür blieb sie noch einmal stehen, drehte sich demonstrativ zu mir um und zwinkerte mir zu, dabei strich sie sich mit der rechten Hand über ihr ausladendes Hinterteil.

Reginas Verhalten war mir unangenehm gewesen und ich versuchte ihr aus dem Weg zu gehen. Die Männer in unserer Gruppe amüsierten sich über Reginas Benehmen, die Frauen reagierten größtenteils empört.

Doch dann erwischte sie mich einige Tage später als ich gerade von der Toilette kam, sie musste mich also beobachtet haben. „Hallo Erwin, wie geht es dir? Wir haben seit unserer ersten Begegnung noch gar nicht wieder miteinander gesprochen…"

Ich erwiderte, dass es mir gut gehe und fragte aus Höflichkeit: „Kinder und Haushalt und dazu noch Berufstätigkeit, das stelle ich mir sehr anstrengend vor." „Ja Erwin, das stimmt schon, aber für die schönen Dinge nehme ich mir trotzdem Zeit." Mit einem anzüglichen Grinsen fuhr sie fort: „Ich habe gehört mit Nachnamen heißt du Zuckerbein. Das finde ich sehr interessant, die meisten Namen haben ja einen besonderen Bezug zu der Person, die diesen Namen trägt. Deine Freundin wird sicher begeistert sein……!" Mir verschlug es die Sprache und ich konnte meinen Blick nicht von Reginas beachtlicher Oberweite lösen, während sie fragte, „Du hast doch eine Freundin, oder? Wenn nicht lässt sich das ganz schnell ändern!" Mit den Worten: „Ich muss nun leider wieder weiterarbeiten" strich sie mir über den Arm und musterte mich von Kopf bis Fuß, bevor sie zurück an ihren Schreibtisch ging.

Plötzlich erinnerte ich mich daran, dass Tim sich in ähnlicher Weise zu meinem Familiennamen geäußert hatte. Ach ja Tim, wie mochte es ihm gehen, ich hatte lange Zeit nichts von ihm gehört.

Ich spürte, dass mein Gesicht glühte und kehrte eilig in den Waschraum zurück. Dort erfrischte ich mich mit kaltem Wasser bevor auch ich wieder an meinen Arbeitsplatz ging. Mir schwirrte der Kopf noch eine ganze Weile und ich konnte mich nicht auf meine Aufgaben konzentrieren. Was war das für eine Unterhaltung gewesen, was wollte diese Frau von mir? Da sie kleine Kinder hatte ging ich davon aus, dass sie auch einen Mann oder zumindest einen Partner hatte. Bisher hatte ich nur davon gehört, dass es Männer waren die Frauen oder Mädchen sexuelle Angebote machten. Aber wahrscheinlich war ich auch auf diesem Gebiet nicht auf dem neuesten Stand.

In der Mittagspause erkundigte sich Britta was denn los gewesen sei. Sie hatte gesehen, dass ich mit hochrotem Kopf und mit verstörtem Gesichtsausdruck hektisch das Büro in Richtung Sanitärräume verlassen hatte. „Lass dich bloß nicht mit der alten Schlampe ein, Erwin", und nach einer kurzen Pause erkundigte sie sich: „Was ist eigentlich mit der Frau, die bei der offenen Probe dabei war, läuft da was zwischen euch?" „Louisa und ich kennen uns aus dem Tierheim, sie sieht die ehrenamtliche Arbeit mit den Hunden als Ausgleich zu ihrem Studium. Aber im Grunde weiß ich nur sehr wenig über sie, unsere Gespräche drehen sich in der Regel um die Hunde. Warum fragst du?" „Ach nur so, du weißt ja, dass ich mit meinen Beziehungen keine guten Erfahrungen gemacht habe. Also sei bitte vorsichtig mit wem du dich einlässt, so eine wie Regina muss es ja nun wirklich nicht sein!"

Inzwischen waren wir schon sehr nahe an die Imbissbude herangekommen, an der bereits einige unserer Kollegen standen und aßen und beendeten deshalb unsere Unterhaltung.

Auf dem Rückweg ins Büro erkundigte ich mich bei Britta, ob ihr Ex-Freund ihr immer noch Probleme bereiten würde. Als hätte sie auf meine Frage gewartet sprudelte es aus ihr heraus: „Nein, zum Glück nicht, er hat jetzt eine neue Freundin. Die ist nach seinen Angaben viel hübscher als ich und außerdem in jeder Hinsicht viel aufgeschlossener."

Ungläubig sah ich Britta an, sie holte tief Luft und fuhr fort: „Erwin du ahnst ja gar nicht wie froh ich bin, dass ich den Typ los bin. So schnell werde ich mich nicht auf eine neue Beziehung einlassen. Jetzt will ich erst einmal meine Freiheit genießen." Diese Aussage stimmte mich traurig; denn ich hatte Britta gern, aber nach den Erfahrungen, die sie gemacht hatte, konnte ich ihren Entschluss verstehen. Schweigend gingen wir die letzten Meter ins Büro und wandten uns wieder unserer Arbeit zu.

Einige Tage später fand das nächste Treffen der Impro-Theater-Gruppe statt. Auch an diesem Abend fragte Hannah, ob einer von uns Teilnehmern etwas erlebt hätte, das nachzuspielen für alle interessant wäre. Sofort meldete sich Britta zu Wort und schilderte die Geschehnisse zwischen Regina und mir, jedoch ohne Namen zu nennen. „Das ist wirklich eine Situation, die wir trainieren sollten, so etwas kann jeder oder jedem von euch passieren. Ich schlage vor, dass wir es mit wechselnden Rollen machen", verkündete Hannah. Zunächst herrschte betretenes Schweigen, keiner wollte das erste Opfer sein. Da ich an diesem Abend der einzige Mann war musste ich die Anzüglichkeiten von Britta über mich ergehen lassen. Sie imitierte Reginas Verhalten erstaunlich gut und ich bemerkte, dass wieder Hitze in mir aufstieg, mein Gesicht rot anlief und mein Körper sich verkrampfte. Anders als bei Regina starrte ich nicht auf Brittas Brüste, sondern sah ihr direkt ins Gesicht. Das war ihr unangenehm und sie beendete die Szene.

Als nächstes musste ich die Rolle des Übeltäters übernehmen und es fiel mir sehr schwer den Frauen so anzüglich und fordernd gegenüber zu treten. Mehrmals musste Hannah mich daran erinnern, dass es sich um eine Übung handelte: „Erwin, wir wissen alle, dass es nicht deine Art ist eine Frau derart zu bedrängen. Aber wir sind nicht nur hier, um Spaß zu haben, sondern auch um uns gegenseitig zu stärken und uns auf unangenehme Situationen vorzubereiten." Mit einem aufmunternden Kopfnicken gab sie das Startzeichen für einen neuen Anlauf. Breitbeinig und mit vorgeschobenem Becken ging ich auf meine Spielpartnerin zu und berührte sie am Oberarm. Dabei musterte ich sie von Kopf bis Fuß und trat noch einen weiteren Schritt näher an sie heran. „Hallo, ich bin Erwin", hörte ich mich betont lässig sagen und grinste sie breit an. „Und was willst du, Erwin?" bekam ich genervt zur Antwort. „Ich würde dich gerne kennenlernen, du hast eine tolle Figur", ich sah sie herausfordernd an und versuchte einen Pfiff auszustoßen. Die Frau wich vor mir zurück, aber ich verringerte den Abstand gleich wieder. „Such dir eine andere, ich bin nicht interessiert", schnauzte sie mich an.

Als sie sich umdrehen wollte hielt ich sie am Arm fest: „Nun stell dich doch nicht so an, es ist doch nichts dabei!"

In diesem Moment schritt Hannah ein und beendete unser Rollenspiel: „Wie war es für euch, wie habt ihr euch in dieser Situation gefühlt?" Meiner Partnerin war ihre Aufregung immer noch anzusehen und es platzte aus ihr heraus: „Sowas habe ich tatsächlich schon erlebt und ich hätte dem Typen beinahe eine geknallt." Sie fuchtelte aufgeregt mit den Armen: „Im letzten Moment konnte ich mich noch beherrschen; denn der sah aus als würde er Krafttraining machen. Also habe ich es lieber gelassen. Zu meinem großen Glück kam mir ein Passant zu Hilfe. Es war einfach nur furchtbar…!" Mit einem Taschentuch wischte sie sich die Tränen vom Gesicht. „Und wie ist es dir ergangen, Erwin?" Ich spürte die erwartungsvollen Blicke aller Frauen auf mir und musste erst einmal tief durchatmen: „Das war die totale Härte, ich bin fix und fertig", stotterte ich. Niemand sagte ein Wort, jeder hing seinen Gedanken nach. Am Ende der Stunde lobte Hannah uns für unseren Mut und für unsere schauspielerische Leistung. „Das war ganz großartig, bitte überlegt, ob es weitere Ereignisse gegeben hat, die wir gemeinsam bearbeiten sollten." Zum Abschied applaudierten wir uns alle gegenseitig, so wie wir es immer am Ende einer Übungsstunde taten, dann ging jeder seiner Wege.

Vor der Tür nahm Britta mich freundschaftlich in den Arm: „Mensch Erwin, du warst absolut überzeugend. Deine Körpersprache und deine Stimme, es passte einfach alles. Du überrascht mich immer wieder, mit deinen Fähigkeiten und Talenten" sprudelte es aus ihr heraus. „Mir wäre es lieber gewesen, wenn wir vorher darüber gesprochen hätten, ob ich damit einverstanden wäre diese Angelegenheit öffentlich zu machen" erwiderte ich ärgerlich. „Die können sich doch alle denken, dass es um mich ging, schließlich wissen die anderen, dass wir Arbeitskollegen sind", mit diesen Worten löste mich aus ihrer Umarmung. „Du hast völlig recht, Erwin, entschuldige bitte", sie sprach jetzt sehr leise und blickte verlegen zu Boden. Ihre Entschuldigung nahm ich an, wir gaben uns die Hand und trennten uns. Ich war immer noch ganz durcheinander und erleichtert als ich endlich meine Wohnungstür hinter mir schließen konnte.

Nach einer unruhigen Nacht wachte ich mit einem heftigen Brummschädel auf.

Im Büro machte gleich morgens die Nachricht die Runde, dass Regina nicht zur Arbeit kommen würde, eines ihrer Kinder wäre krank. Ich war erleichtert, nach dem gestrigen Abend war ich nicht sicher, wie ich auf eine erneute Provokation von ihr reagiert hätte.

Spät am Abend, ich hatte gerade den Fernseher ausgeschaltet und war auf dem Weg ins Badezimmer als mein Telefon klingelte. In der Anzeige erschien eine mir unbekannte Mobilfunknummer. Mit müder Stimme brummte ich unfreundlich: „Hallo" und lauschte. Als ich keine Antwort bekam versuchte

ich es erneut und sagte mit energischer Stimme: „Bitte melden
sie sich doch!" Gerade wollte ich auflegen als ich ein leises
Schluchzen vernahm: „Erwin, bist du das?" Die Frauenstimme
kam mir bekannt vor, aber ich konnte sie keiner Person zuordnen. „Wer spricht denn da?", diesmal bemühte ich mich nicht
so gereizt zu klingen. „Erwin, ich bin's Pia", drang es leise an
mein Ohr: „Erinnerst du dich an mich? Wir kennen uns durch
Tim." „Ja, natürlich erinnere ich mich an dich, Pia." Mir war
die Überraschung anzumerken, „weißt du eigentlich, wie spät
es ist?" Ich hörte einen tiefen Seufzer dann herrschte einen
Moment Schweigen. „Erwin ich würde so gerne mit dir reden,
können wir uns morgen treffen?" In Gedanken überschlug ich
meine Pläne für den nächsten Tag. „Es scheint ja sehr dringend
zu sein," meine Stimme klang nicht gerade begeistert, „worum
geht es denn?" „Ich brauche deine Hilfe, es ist wirklich wichtig,
bitte!" Spontan beschloss ich meine Verabredung mit Louisa im
Tierheim abzusagen und mich mit Pia zu treffen. „Wann und
wo hattest du gedacht?" Wir vereinbarten einen Treffpunkt
und beendeten unser Gespräch.

Wie würde Louisa auf meine kurzfristige Absage reagieren?
Ich beschloss es darauf ankommen zu lassen, schließlich ver-
band uns nur unser gemeinsames Interesse an den Hunden.
Im Treppenhaus knallten mal wieder die Türen und die lauten
Stimmen von Hilde und Eduard waren zu hören. Bei ihnen
hatte sich die Lage scheinbar immer noch nicht beruhigt.

In der Nacht lag ich noch lange wach und meine Gedanken
drehten sich um Pia und Tim. Seit Tim mir von ihrer Trennung berichtet hatte, hatte ich beide nicht mehr gesehen oder
gesprochen. Meine Bekanntschaft mit Pia war nie sonderlich
intensiv, unsere Bezugsperson war immer Tim gewesen. In
den letzten Wochen hatte ich versucht mit ihm in Kontakt zu
treten, aber es war mir nicht gelungen. Das Telefonat mit Pia

hatte mich neugierig gemacht, ich konnte es kaum erwarten sie zu treffen.

Endlich war es soweit und aufgeregt betrat ich die kleine Teestube. In der hintersten Ecke saß eine junge Frau, die ich kaum wiedererkannte. Ihre Haut war blass, unter den Augen hatte sie dunkle Ringe und sie wirkte erschöpft. „Vielen Dank, dass du gekommen bist", Pia lächelte gequält und gab mir die Hand. Nachdem der Kellner unsere Bestellung aufgenommen hatte sah ich Pia fragend an: „Erwin, ich brauche deine Unterstützung. Am Wochenende muss ich die letzten Sachen aus Tims Wohnung holen und das schaffe ich nicht alleine". Pia tupfte sich die Tränen vom Gesicht und wartete bis die Bedienung unsere Getränke gebracht hatte. „Tim hat mir gedroht, dass er meine Möbel einfach auf die Straße wirft, wenn ich sie bis Sonntag nicht selbst entfernt habe." „Ich versuche seit vielen Wochen Tim zu erreichen, es gelingt mir einfach nicht", sagte ich überrascht. „Das wundert mich gar nicht, er hat sich völlig zurückgezogen. Er verlässt kaum noch das Haus, ich habe keine Ahnung, ob er überhaupt noch zur Arbeit geht". Traurig sah Pia mich an: „Wie konnte ich mich nur so von ihm täuschen lassen?" Ein heftiges Schluchzen schüttelte sie und ich legte tröstend meinen Arm um ihre Schultern. „Wo wohnst du denn jetzt und wo soll dein Besitz hingebracht werden?" „Eine Freundin hat mir vorübergehend ein Zimmer zur Verfügung gestellt", flüsterte Pia. „Bis ich ein eigenes Appartement gefunden habe kann ich bei ihr wohnen, aber es ist extrem schwierig für mich eine passende Bleibe zu finden. Ihre Eltern haben eine Garage, die zurzeit leer steht, da kann ich für einige Wochen meine Möbel einlagern". Wir sprachen noch über den Umfang des Mobiliars und über die Anzahl der zu transportierenden Kartons und verabredeten uns für den kommenden Sonnabend.

Auf meinem Heimweg plagten mich Zweifel, ob es richtig war, dass ich mich mit Pia getroffen und ihr meine Unterstützung zugesagt hatte. Würde ich ihr wirklich behilflich sein können? Und wie würde Tim darauf reagieren, schließlich war ich doch mit ihm befreundet...... Aber waren wir wirklich noch Freunde? Immerhin hatte Tim total Abstand von mir genommen und all meine Bemühungen an ihn heran zu kommen waren ins Leere gelaufen.

Seine Worte fielen mir wieder ein, dass Pia ihn mit einem anderen Mann betrogen hätte. Warum unterstützte der neue Partner Pia nicht um ihr Eigentum aus der ehemals gemeinsamen Wohnung zu holen? Hatte sie auch keine Familie oder andere Freunde, die ihr helfen könnten?

Plötzlich wurde mir bewusst, dass ich mich in einer ganz ähnlichen Situation befand. Auch ich hatte keine Angehörigen mehr und für mich war Tim immer die einzige Vertrauensperson gewesen. Wer würde mir zur Seite stehen, wenn ich auf Hilfe angewiesen wäre? Mir wurde klar, dass auch ich nicht über ein Netzwerk von Menschen verfügte auf die ich im Bedarfsfall zurückgreifen könnte und die mir mit Rat und Tat zur Seite stehen würden. Daran musste ich dringend etwas ändern, aber noch hatte ich keine Idee wie ich vorgehen sollte, darüber musste ich unbedingt nachdenken.

Einen Tag vor dem vereinbarten Termin telefonierte ich mit Pia, um noch einige Details zu klären. Über eine Agentur war es ihr gelungen einen Studenten zu finden, der Erfahrung mit Umzügen hatte und der einen Transporter fahren konnte.

Das Herz klopfte mir bis zu Hals als ich an Tims Wohnungstür klingelte. Wie würde er reagieren, wenn ich plötzlich vor seinem Eingang stand? Die Tür wurde nur einen kleinen Spalt breit geöffnet und ich hörte Pias erleichterte Stimme: „Ach Erwin, du bist es, komm bitte rein. Ich hatte schön befürchtet Tim wäre zurückgekommen." Als ich den Flur betrat verschlug es mir den Atem, es roch nach abgestandenem Alkohol, als wäre lange Zeit nicht gelüftet worden. „Ist er denn nicht da?", fragte ich erstaunt. „Nein, Tim hat mich reingelassen und ist dann weggegangen, ich selbst habe ja keinen Schlüssel mehr." Sie wischte sich die Tränen ab und schnäuzte sich die Nase, bevor sie fortfuhr: „In einer Stunde müssen wir fertig sein, sonst hat er mir mit Konsequenzen gedroht." Ich wollte gerade nachfragen was Tim damit gemeint haben könnte als es erneut läutete. Vor der Tür stand ein breitschultriger junger Mann und stellte sich als Peter vom Studentenwerk vor. Er erkundigte sich welche Gegenstände transportiert werden sollten und packte gleich beherzt an. Gemeinsam luden wir Pias Hab und Gut in den Wagen. Peter wartete draußen während Pia und ich einen letzten Rundgang durch die kahlen und ungemütlichen Räume machten. Von der ehemals heimeligen Atmosphäre war nichts geblieben, alles wirkte kalt und ungepflegt. Mit zitternden Fingern verriegelte Pia die Wohnungstür und warf den Schlüssel in Tims Briefkasten.

Tränen liefen ihr über das Gesicht, als wir zu Peter ins Auto stiegen. „Solche Situationen habe ich schon oft erlebt", versuchte Peter Pia mit leiser Stimme zu beruhigen. „Aber glaub mir es wird schon wieder und in den meisten Fällen wird es sogar besser". Er startete den Motor und wir fuhren los.

Schon nach wenigen Minuten erreichten wir die angemietete Garage und luden aus. Anschließend brachte Peter uns zu Pias derzeitigem Wohnsitz und sie vereinbarten, dass Pia sich wieder melden würde, wenn sie eine eigene Bleibe gefunden hätte. Vor der Tür umarmte Pia mich und bedankte sich für meine Unterstützung. Ich bot ihr an auch bei der Renovierung und der Einrichtung ihrer Single-Wohnung behilflich zu sein. Dann machte ich mich mit öffentlichen Verkehrsmitteln auf den Nachhauseweg.

In meiner Wohnung angekommen sah ich, dass der Anrufbeantworter blinkte und hörte ihn ab. „Verräter" schallte es mir lautstark entgegen. Trotz der extrem lauten Hintergrundgeräusche meinte ich Tims Stimme zu erkennen. Das bedeutete, dass er uns während unserer Arbeit beobachtet haben musste. Warum hatte er nicht seine Unterstützung angeboten, sich von Pia verabschiedet oder zumindest mir ein Zeichen gegeben?

Bei meinem nächsten Besuch im Tierheim hörte ich schon von Weitem freudiges Gebell. Louisa hatte mir erzählt, dass Tiere oft schon aus großer Entfernung leichte Vibrationen des Bodens wahrnehmen und so auch menschliche Schritte erkennen könnten. Ein starker Wind trieb mich vorwärts, so dass ich auch am Geruch für die Hunde erkennbar sein musste. Vor den Zwingern stand Louisa und sah mich angriffslustig an. Ihre Hände hatte sie in die Hüften gestemmt und ihre Stimme klang gereizt: „Na, da bist du ja endlich wieder. Was war denn so Dringendes, dass du mich versetzen musstest?" Ich war verblüfft über ihren Ton, aber ich ließ mir nichts anmerken. „Eine Freundin brauchte dringend meine Hilfe", erwiderte ich ruhig. „Ach, du hast eine Freundin, das ist ja gut zu wissen! Wie lange geht das denn schon mit euch?", fragte sie schnippisch. Jetzt wurde es mir zu bunt: „Louisa, ich habe von einer Freundin gesprochen nicht von meiner!" Um ihr meinen Ärger klar zu machen sagte ich mit energischer Stimme: „Wer gibt dir überhaupt das Recht in diesem Ton mit mir zu reden? Wenn du dich wieder beruhigt hast lass es mich wissen." Schwanzwedelnd und mit hoch aufgestellten Ohren beobachteten uns die Hunde als würden sie unsere Auseinandersetzung gebannt verfolgen.

Geschockt von meiner eigenen Reaktion öffnete ich eine der Zwingertüren, nahm die beiden Hunde an die Leinen und lief mit ihnen in Richtung der Spielwiese. Dort ließ ich sie frei herumlaufen, was sie sichtlich genossen. Für einen kurzen Moment ließ ich die tobenden Hunde aus den Augen und warf einen verstohlenen Blick in Richtung der Zwinger. Louisa stand mit dem Rücken zu uns und ich wandte mich schnell wieder den ausgelassen spielenden Hunden zu. Mein Puls raste immer noch und ich überlegte, ob ich Louisa gegenüber zu forsch gewesen war. Ich hatte mich zu einem Verhalten hinreißen lassen, dass wir in den Stunden des Impro-Theater-Kurses geübt hatten. Sollte ich mich bei Louisa entschuldigen? Ich beschloss es vorläufig nicht zu tun, sondern unsere nächste Begegnung abzuwarten.

Als wir zurück zu den Zwingern kamen war von ihr nichts mehr zu sehen, ich schloss die Hunde wieder ein und machte mich auf den Weg nach Hause.

Als ich in unsere Straße kam, raste ein Rettungswagen mit Blaulicht und eingeschalteter Sirene an mir vorbei und hielt vor unserem Haus. Gleich darauf folgte ein Streifenwagen der Polizei. Schnellen Schrittes eilte ich voran, aber ein Polizist verweigerte mir den Zutritt zum Haus. Er sagte es handele sich um einen Notfall und ich dürfte die Rettungsarbeiten nicht behindern. So wartete ich gespannt darauf was weiter passieren würde. Kurze Zeit später traten Rettungssanitäter aus dem Haus. Auf der Trage, die sie trugen, lag Eduard, er war mit einer Decke zugedeckt. Am Kopf hatte er einen Verband, er sah blass aus und stöhnte vor Schmerzen.

Die Sanitäter luden Eduard ein und fragten Hilde, die mit verkniffenem Gesicht in der Haustür stand, ob sie mit in die Klinik fahren wolle. Hilde öffnete kaum den Mund als sie entgegnete, dass sie Eduard nicht begleiten würde. Aus dem Wageninneren brüllte Eduard etwas Unverständliches, der Notarzt ging zu ihm und schloss die Tür. "Es wäre gut, wenn sie ihrem Mann später ein paar persönliche Sachen vorbeibringen könnten", bat einer der Rettungsassistenten. Auf Hildes Frage was er sich denn so vorstelle reagierte der Mann genervt: „Wie wäre es z.B. mit einer Zahnbürste, einem Rasierer, Wäsche zum Wechseln, Hausschuhe usw. Sie sollten die Bedürfnisse ihres Mannes doch am besten kennen." Hilde versprach sich Gedanken zu machen und sah den Sanitäter gelangweilt an. Kopfschüttelnd stieg der zu seinem Kollegen in den Wagen und sie fuhren mit Blaulicht davon.

Nachdem ich mich gegenüber einem Polizeibeamten ausgewiesen hatte durfte ich endlich ins Haus. Einer der Beamten fragte Hilde, was genau passiert sei. „Wissen Sie, Herr Wachtmeister, mein Mann trinkt in letzter Zeit recht viel. Wahrscheinlich hat er in seinem angetrunkenen Zustand eine Treppenstufe verfehlt und ist gestürzt." Ich drehte mich zu Hilde um und sah ihr ins Gesicht, ihre Stimme und ihre Mimik sagten mir, dass hier etwas nicht stimmte. Als der Hausmeister befragt werden sollte, warf er Hilde einen ängstlichen Blick zu, den sie drohend und mit vorgestrecktem Kinn erwiderte. Dem Polizisten entging diese Situation, da er sich gerade Notizen machte und zu allem Überfluss auch noch sein Dienst-Handy klingelte. Ich beschloss mich zu erkundigen in welches Krankenhaus man Eduard gebracht hatte und ihn dort zu besuchen. Mir war diese Angelegenheit nicht geheuer.

Am nächsten Tag klingelte ich an Hildes Tür. Sie öffnete mit einem mürrischen: „Erwin, du, was gibt's?" „Hallo Hilde, ich wüsste gerne, wie es Eduard geht." Ihre Miene verdüsterte sich: „Du solltest dich nicht um Sachen kümmern, die dich nichts angehen, Erwin" schleuderte sie mir entgegen. „Entschuldige, Hilde ich wollte nur fragen, ob ich etwas für dich tun kann. Außerdem würde ich gerne wissen in welches Krankenhaus Eduard gebracht worden ist." Misstrauisch sah sie mich an, nannte mir dann aber doch den Namen der Klinik. „Die Ärzte haben mir gesagt, dass Eduard jetzt vor allen Dingen Ruhe braucht", sagte sie in verärgertem Tonfall und fixierte mich mit aggressivem Blick. Ich nickte und wartete, dass Hilde weitersprach, aber sie schloss ohne ein weiteres Wort die Tür.

Wenige Tage später fuhr ich ins Krankenhaus. Am Empfang erkundigte ich mich nach Eduards Zimmernummer. Die Mitarbeiterin sah mir mit strenger Miene ins Gesicht: „Leider darf ich ihnen die Nummer nicht sagen, bitte melden sie sich auf Station 11 im Schwesternzimmer." Als ich die Tür zur genannten Station öffnete trat aus einem der Zimmer eine Krankenschwester heraus. Sie schaute mich an, errötete und ging schnellen Schrittes in die entgegengesetzte Richtung. Mir stockte der Atem, und ich blieb einen Moment lang stehen. War das nicht die Frau gewesen, die mich vor dem Juweliergeschäft und im Café beobachtet hatte und der ich den Einkaufswagen in die Hacken gerammt hatte? War das wirklich möglich und würde ich diesmal mit ihr sprechen können?

Ich nahm all meinen Mut zusammen und machte mich auf die Suche nach dem Stationszimmer. Gerade wollte ich anklopfen als die Tür geöffnet wurde und eine sehr junge Frau heraustrat. Sie sah mich fragend an: „Guten Tag, zu wem wollen Sie?" Ich erwiderte den Gruß und fragte nach der Raumnummer von Eduard. „In welchem Verhältnis stehen sie zu dem Patienten?" Auch diese Frage beantwortete ich wahrheitsgemäß und nannte ihr auf ihre Nachfrage hin meinen Namen. „Habe ich Sie richtig verstanden, Sie heißen Zuckerbein?" Nur mit Mühe konnte sie ein Grinsen unterdrücken. „Es tut mir sehr leid, Herr Zuckerbein", die Frau hielt sich die Hand vor den Mund und hüstelte gekünstelt: „Der Oberarzt hat dem Patienten absolute Ruhe verordnet. Selbst die nächsten Angehörigen dürfen nur wenige Minuten zu ihm." „Aber das ist ja schrecklich, was hat er denn bloß?", platzte es aus mir heraus. „Darüber darf ich Ihnen nun wirklich keine Auskunft geben", mit diesen Worten öffnete sie die Tür und wandte sich zum

Gehen. „Entschuldigen Sie, Schwester, ist es wohl möglich, dass ich mit Ihrer Kollegin sprechen kann?" „Wir haben alle sehr viel zu tun, und die Anordnungen der Ärzte gelten für alle Mitarbeiterinnen und Mitarbeiter der Station." „Ich würde sie nur gerne um eine private Auskunft bitten", bettelte ich. „Herr Zuckerbein, während der Arbeitszeit sind private Unterhaltungen strengstens verboten. Bitte gehen Sie jetzt." Mit ausgestrecktem Arm wies sie in Richtung des Ausgangs und blieb mit der Hand auf der Türklinke stehen, bis ich durch die Glastür gegangen war.

Meine Gedanken überschlugen sich: Was war mit Eduard, warum durfte ich nicht zu ihm? Und was hatte es mit der älteren Krankenschwester auf sich? Hatte auch sie mich erkannt und deshalb ihre junge Kollegin an die Tür geschickt, um nicht mit mir reden zu müssen?

Nach einem Blick auf meine Armbanduhr entschloss ich mich noch ins Tierheim zu fahren. An diesem Tag würde Louisa nicht anwesend sein, aber das war mir ganz recht. Seit unserer Reiberei wegen Pias Umzug hatten wir uns nicht mehr gesehen, aber ich brauchte einfach ein wenig Abwechslung, um auf andere Gedanken zu kommen. Als ich in die Nähe der Zwinger kam wurde ich schon mit freudigem Gebell begrüßt. Während ich meinen Schützlingen die Leinen anlegte schnüffelten sie aufgeregt an mir herum, ob ich wohl Leckerlies in der Tasche hätte. Gemeinsam rannten wir auf die Wiese, wo ich sie ohne Leinen toben ließ, bis sie außer Atem waren. Zurück in ihrem Käfig stürzten sie sich auf ihre Wassernäpfe, tranken sie leer und legten sich sichtlich erschöpft aber zufrieden hin. Während ich die Tür wieder verriegelte fiel mir ein, dass ich gedankenlos an Oldie vorbeigegangen war. Ich ging zu ihr und sie sah mich traurig an. „Hallo Oldie, wie geht es dir?" Sie wedelte mit dem Schwanz und versuchte sich zu erheben, aber es gelang ihr nicht. So ging ich zu ihr, streichelte sie und gab ihr ein paar Leckerlies. Anschließend füllte ich ihre Schale mit frischem Wasser und stellte sie so hin, dass sie daraus trinken konnte, ohne aufstehen zu müssen. Oldie hatte die Augen geschlossen und genoss es scheinbar meine Stimme zu hören und von mir liebkost zu werden.

Auf dem Rückweg ging ich im Büro vorbei und schilderte meinen Eindruck, dass es Oldie nicht gut ginge. „Vielen Dank, dass Sie Bescheid sagen. Wir machen uns schon seit längerem Sorgen um die Hündin, ich werde den Tierarzt bitten sich um sie zu kümmern. Wir werden uns leider an den Gedanken gewöhnen müssen, das Oldie uns bald verlässt." Traurig sah sie mich an und wir verabschiedeten uns. Auf dem Weg zur Bushaltestelle fiel mir wieder ein, dass Louisa erzählt hatte, dass sie die Hunde vermisste, wenn sie ein neues Zuhause gefunden hatten. Damals hatte ich sie nicht wirklich verstanden, jetzt bekam ich eine Ahnung davon, wie sehr sie die Tiere ins Herz geschlossen haben musste.

Auf meinem Weg durch das heimische Treppenhaus erinnerte ich mich wieder an Eduard. Ich überlegte, ob ich noch einmal bei Hilde nachfragen sollte, beschloss aber lieber noch ein paar Tage zu warten.

Dann fiel mir die Begegnung mit der Frau im Krankenhaus wieder ein. Auch mit etwas Abstand hatte ich immer noch das Gefühl, dass sie absichtlich ihre Kollegin an die Tür geschickt hatte, um nicht mit mir sprechen zu müssen. Aber warum?

Plötzlich tauchte die Erinnerung in mir auf, dass ich mit Tim über die merkwürdigen Zusammentreffen mit der älteren Dame gesprochen hatte. Er hatte gemeint, dass ich die Frau an jemanden aus ihrer Vergangenheit erinnern würde. Hatte sie wirklich meinen Vater gekannt? Möglich wäre es, er war schließlich Arzt gewesen und hatte in verschiedenen Kliniken gearbeitet. War sie eventuell sogar mehr als nur eine Kollegin gewesen?

In meinem Kopf drehte sich alles und einen kurzen Moment lang schweiften meine Gedanken ab zu Tim. Wie mochte es ihm gehen und was war es gewesen, das uns entzweit hatte?

Plötzlich traf es mich, wie ein Blitz aus heiterem Himmel. Vor meinem geistigen Auge erschien wieder das überraschte Gesicht der Krankenschwester und wie sie errötete. Auf einmal war ich sicher, dass es etwas mit meinem Vater zu tun haben musste. In dem Brief, den meine Mutter mir hinterlassen hatte, hatte sie sich beklagt, dass ihr Mann sie schon bald nach der Hochzeit betrogen hätte. Die Vermutung, dass es sich dabei um eine Arbeitskollegin gehandelt hatte lag doch sehr nahe. Würde die Wahrheit jemals ans Licht kommen?

Im Büro stellte Regina mir weiterhin nach. Kam ich aus dem Waschraum lief sie mir oft entgegen, berührte mich wie zufällig am Arm und raunte mir im Vorbeigehen „Hallo Sahneschnittchen" zu. Dabei grinste sie und zwinkerte mir verschwörerisch zu. Immer häufiger kam sie unter einem Vorwand an meinen Schreibtisch und beugte sich von der Seite über mich, so dass ich mich dem süßen Duft ihres Parfüms nicht entziehen konnte. Der Geruch war mir sehr unangenehm und nahm mir fast den Atem. Regina drängte sich so dicht an mich, dass ich ihre Brüste an meiner Schulter spüren konnte. Es gipfelte darin, dass sie sich auf die Ecke meines Schreibtischs setzte, wobei ihr der Rock hochrutschte. Das war mir sehr peinlich und in der nächsten Trainingsstunde der Impro-Gruppe bat ich Hannah vertraulich um Rat.

„Erwin, du tust mir wirklich leid. In welcher Position ist Regina, ich meine ist sie deine Vorgesetzte, hat sie dir etwas zu sagen?" Ich versicherte ihr, dass Regina eine ganz normale Kollegin war, die zu einer anderen Gruppe gehörte. „Unsere Teams arbeiten zwar sehr eng zusammen, aber Regina ist nicht berechtigt mir Anweisungen zu geben." Nach einer kurzen Überlegung ergriff Hannah erneut das Wort: „Ich habe den Eindruck, dass Regina dir weißmachen will, dass sie eine höhere Stellung hat als du." Sie schüttelte den Kopf: „Lass dir das nicht gefallen, Erwin. Sag ihr klipp und klar, dass du nicht von ihr angefasst werden möchtest. Und wenn sie an deinen Arbeitsplatz kommt steh einfach auf und sieh ihr direkt ins Gesicht. Damit machst du ihr klar, dass ihr auf Augenhöhe miteinander redet." Hannah sah mich aufmunternd an: „Deine Körpersprache hat sich schon sehr verbessert, aber wir müssen noch daran arbeiten." Nach einer kurzen Pause während der sie mich lächelnd ansah fuhr sie fort: „Kopf hoch, Erwin, du schaffst es und danke für dein Vertrauen. Ich versichere dir, dass dieses Gespräch unter uns bleibt, aber ich werde entsprechende Übungen für die nächsten Stunden vorbereiten."

Hannah hielt Wort: „In der nächsten Woche wollen wir uns dem Thema Körpersprache widmen. Bitte macht euch schon einmal Gedanken darüber, ob es einen Unterschied gibt zwischen gesprochener Sprache und Körpersprache." Darüber hatte ich mir vor unserem vertraulichen Gespräch noch nie Gedanken gemacht. Erst danach hatte ich begonnen das Verhalten meiner Kolleginnen und Kollegen intensiver zu beobachten. Dabei fiel mir auf, dass in manchen Situationen die Stimme Zustimmung ausdrückte, während die Körperhaltung eher Ablehnung signalisierte. War das wirklich so, oder täuschte ich mich? Ich beschloss mich intensiver mit dieser Thematik zu befassen. Die einzige Kollegin, die Mitarbeitern und Vorgesetzten gleichermaßen selbstbewusst gegenübertrat, war Britta. Während einige dem Chef schmeichelten und die anderen Mitarbeiter herablassend behandelten, war sie liebenswürdig zu allen und immer hilfsbereit. Das beeindruckte mich und ich erkundigte mich bei ihr: „Britta, wie bringst du es fertig immer und zu allen nett und freundlich zu sein?"

„Ach weißt du, Erwin, jeder von uns hat seine Stärken und Schwächen. Die Eigenarten der Menschen sehe ich nicht als unerwünschte Abweichung, sondern als individuelle Vorzüge." Britta sah sich vorsichtig um, ob uns auch niemand belauschte, „Nimm zum Beispiel Regina. Sie ist auf ihre ganz spezielle Art nervig und aufdringlich, aber bei manchen Kunden kommt sie mit ihrer burschikosen Art gut an." Zweifelnd sah ich ihr ins Gesicht. „Denk doch nur daran, dass wir durch Reginas Hartnäckigkeit und Kreativität wieder mehr Anzeigenkunden gewinnen konnten, dadurch sind unsere Arbeitsplätze zumindest vorübergehend wieder sicherer geworden." Ich nickte zustimmend: „Ja das stimmt schon, aber mir ist es trotzdem sehr unangenehm das sie mich so häufig bedrängt." „Erwin, du musst mit Regina darüber sprechen. Sag ihr, dass du ihre Arbeit sehr schätzt. Außerdem solltest du sie wissen lassen, dass sie in deinen Augen eine attraktive Frau ist, du an ihr als Frau aber nicht interessiert bist."

Hitze stieg in mir auf, war Britta eigentlich klar was sie da von mir verlangte? Mit einem aufmunternden Blick nickte sie mir zu: „Erwin, du schaffst das", sagte sie mit Nachdruck. „Du wirst sehen, dass Regina dich in Zukunft respektiert und ihre plumpen Annäherungsversuche dir gegenüber unterlässt. Mit Sicherheit wird sich auch eure Zusammenarbeit weiter verbessern und sich auf das gesamte Team auswirken."

Mit einem Augenzwinkern verließ Britta den Pausenraum und ging zurück an ihren Arbeitsplatz. Ich blieb noch einen Moment, um mich ein wenig zu sammeln, bevor ich meinen Kollegen wieder gegenübertrat.

Das Gespräch mit Britta über Regina warf viele Fragen auf. Wann und wo sollte die Unterredung stattfinden und wie konnte ich mein Problem vorbringen? Mir war klar, dass ich mich auf dieses Gespräch gedanklich vorbereiten musste. Wie sollte ich das nur anstellen, konnte ich erneut Hannah um Hilfe bitten?

Meine Überlegungen gerieten ins Stocken, nachdem ich im Traum noch einmal der Frau im Krankenhaus begegnet war. Dieser Traum war so realistisch, dass ich völlig verwirrt davon erwachte. Wie gerne würde ich mit Tim über dieses unerwartete Zusammentreffen reden. Ich beschloss ihn anzurufen und hatte gleich beim ersten Versuch Erfolg. Als ich fragte: „Hallo Tim, wie geht es dir?", hörte ich im Hintergrund Gekicher. Genervt kam die Antwort: „Erwin, du, was willst du?" „Entschuldige, Tim, störe ich gerade?" „Das kann man wohl sagen…", gleich darauf hörte ich ein leises Stöhnen und die Verbindung wurde unterbrochen. Verwundert legte ich das Telefon auf seinen Platz und ging im Zimmer auf und ab. Von diesem Telefonat hatte ich mir mehr erhofft, aber worauf begründete ich meine Hoffnung? Als ich Pia bei ihrem Umzug geholfen hatte, hatte sie Andeutungen über Tims Verhalten gemacht, die ich nicht erwartet hatte. Hatte Pia die Wahrheit gesagt oder waren ihre Äußerungen geprägt vom Trennungsschmerz?

Mein kurzer Kontakt zu Tim hatte zur Folge, dass ich wieder häufiger an Susi dachte. Die Besuche bei ihr hatten mir jedes Mal eine körperliche Befriedigung verschafft, aber mein Herz blieb dabei auf der Strecke. Aus finanziellen Gründen hatte ich meine Besuche bei ihr immer wieder hinausgeschoben, Aber nun trieb es mich nach langer Zeit doch wieder ins Rotlichtmilieu. Tagelang schlich ich durch die Straße, in der sie ihren Stammplatz gehabt hatte. Mal setzte ich die Kapuze auf, ein anderes Mal stellte ich den Mantelkragen hoch und zog den Hut tief ins Gesicht. Ich wollte nicht immer als dieselbe Person wahrgenommen werden. Aber mein Täuschungsversuch misslang: „Bist du nicht der Bursche, der von Susi seine erste Lektion bekommen hat?", eine der Prostituierten hielt mich am Ärmel fest. Ich spürte wie mir die Röte ins Gesicht stieg und konnte nur nicken. „Da bist du zu spät, Susi ist nicht mehr hier", sie sah mir forschend ins Gesicht. „Aber wir sind ja auch noch da. Wir können dich auch sehr gut verwöhnen", sie öffnete ihre Jacke und präsentierte mir ihre beachtliche, nur sehr spärlich bekleidete, Oberweite. „Was ist mit Susi, warum ist sie nicht mehr hier?", stotterte ich. „Irgend so ein reicher Schnösel hat sie von ihrem Zuhälter freigekauft", schnaufte sie verächtlich. „Aber nun komm schon, ich mache dir auch einen Freundschaftspreis", die Frau versuchte mich mit sich zu ziehen. Ich riss mich von ihr los und senkte den Kopf, damit sie meine Tränen nicht sah. Mit schnellen Schritten entfernte ich mich von ihr. „Susi war nie eine von uns", rief sie hinter mir her, „Keine Ahnung was sie hierher verschlagen hat!" Ihre Stimme wurde lauter, es hörte sich an als würde sie mich beschimpfen, aber ich achtete nicht auf ihre Worte, meine Gefühle galten allein Susi. Hätte ich ihr meine Gefühle gestehen sollen und wie hätte sie drauf reagiert? Möglicherweise hätte sie mich sogar verspottet, weil ich nicht in der Lage gewesen wäre ihrem Zuhälter einen finanziellen Ausgleich zu zahlen.

Schweren Herzens trat ich meinen Heimweg an.

Einige Tage später traf ich Hilde im Treppenhaus als ich von der Arbeit kam. Sie schien auf mich gewartet zu haben und grinste mich an: „Hallo Erwin, geht es dir gut?" Erstaunt sah ich sie an und nickte nur, in der Regel sprach sie kaum ein Wort, wenn wir uns begegneten, sondern grüßte nur beiläufig. „Eduard hat sich beschwert, dass du ihn noch gar nicht im Krankenhaus besucht hast", kam es ihr gespielt freundlich über die Lippen. „Ich habe es versucht, aber die Krankenschwestern haben mich nicht zu ihm gelassen. Mir wurde gesagt, Eduard bräuchte absolute Ruhe." Herausfordernd sah Hilde mich an: „Naja, das ist ja nun auch schon eine ganze Weile her und er langweilt sich sehr." So gab ich meine Zustimmung und erkundigte mich, womit ich Eduard eine Freude bereiten könnte. „Meinst du ich sollte ihm etwas zu lesen mitnehmen, was liest er denn gern?" Hildes Wangen röteten sich und mit gedämpfter Stimme antwortete sie: „Eduard hat einen ganz speziellen Geschmack. Die Zeitschriften, die er gerne liest, findest du nicht einfach so im Regal." Fragend sah ich sie an. „Na ja, du weißt schon, nach denen muss man fragen, die liegen unter dem Ladentisch. Manche Menschen reagieren etwas empfindlich darauf und außerdem sind sie nicht für Kinderaugen gedacht." Sie zwinkerte mir verschwörerisch zu: „Ich denke wir verstehen uns, Erwin. Wenn du in den Kiosk im Bahnhof gehst und nach Lesestoff für Eduard fragst wirst du auf jeden Fall das richtige bekommen." Als Hilde meinen fragenden Blick bemerkte fuhr sie fort: „Der Inhaber kennt Eduards Geschmack und bestellt die Hefte extra für ihn im Ausland. Unsere skandinavischen Nachbarn sind in dieser Hinsicht viel aufgeschlossener als wir." Sie nannte mir noch die Station auf der Eduard jetzt lag und die Zimmernummer. Wir verabschiedeten uns mit einem Kopfnicken und ich schloss schnell meine Wohnungstür hinter mir ab.

Am nächsten Tag machte ich mich mit einem komischen Gefühl in der Magengegend auf den Weg zum Zeitschriftenladen im Bahnhof. Es waren einige Kunden im Geschäft und so hatte ich Gelegenheit mich in Ruhe umzusehen. Plötzlich hörte ich eine nette Stimme hinter mir: „Guten Tag, wie kann ich ihnen helfen?"

Erschrocken drehte ich mich um und erblickte ein junges Mädchen mit einem hübschen Gesicht, einem offenen Blick und langen blonden Haaren. Sie wirkte auf mich wie eine Schülerin aus der Oberstufe, die mit einem Aushilfsjob ihr Taschengeld aufbesserte. Freundlich lächelte sie mich an und ich fühlte mich unbehaglich bei dem Gedanken ihr meinen Wunsch vorzutragen. Was würde sie von mir denken, wenn ich nach einem Pornoheft fragte? „Entschuldigen Sie", stotterte ich, „ich soll ein Herrenmagazin besorgen, das angeblich nur auf eindringliche Nachfrage unter dem Ladentisch hervorgeholt wird." Und mit nervöser Stimme fügte ich hinzu: „Es ist nicht für mich. Mein Nachbar liegt im Krankenhaus und seine Frau hat mich gebeten die Zeitschrift für ihn zu besorgen." Ungläubig starrte die Verkäuferin mich an: „Davon weiß ich nichts, ich arbeite erst seit ein paar Tagen hier." Sie errötete, als sie verlegen sagte: „Bitte warten Sie einen Moment, ich werde den Chef fragen." Dann betrat sie das Hinterzimmer und ließ mich allein zurück. Kurze Zeit später betrat ein älterer, dicker und kurzatmiger Mann den Verkaufsraum. „Guten Tag, junger Mann, wie kann ich Ihnen helfen?", kam er schnaufend auf mich zu. Sein verächtlicher Blick ruhte auf mir und auch das junge Mädchen sah gespannt zu mir herüber. Mir stocke der Atem, einen Moment lang hatte ich das schreckliche Gefühl meinem Vater gegenüber zu stehen. Verstohlen kniff ich mir mit der rechten Hand in den Oberschenkel, um mich in die Realität zurückzuholen. Mit unsicherer Stimme krächzte ich: „Hilde, die Frau von Eduard schickt mich. Sie sind meine Nachbarn und Eduard liegt seit einigen Wochen im Krankenhaus." Verlegen trat ich von einem Fuß auf den anderen und wusste nicht, wohin ich meinen Blick wenden sollte. „Hilde hat mir versichert, dass sie Eduard kennen und dass er zu ihren Stammkunden gehört", stammelte ich. Der Ladenbesitzer sah mich misstrauisch an, dann gab er seiner Angestellten ein Zeichen: „Fang schon mal an die vorhin gelieferten Waren mit den Lieferscheinen zu vergleichen, ich komme gleich nach."

Daraufhin ging er hinter den Verkaufstresen: „Ich habe mich schon gewundert, warum Eduard so lange nicht hier war. Was fehlt ihm denn?", flüsterte er. Ich gab zur Antwort, dass ich es selbst nicht wüsste und dass man mich nicht zu ihm gelassen hatte. Der Inhaber grinste: „Na ja, wenn das so ist, dann bestell Eduard gute Besserung von mir", und steckte zwei fremdsprachige Herrenmagazine in einen großen braunen Umschlag. „Lass dich mit der heißen Ware bloß nicht erwischen…… Ärzte sind auch nur Männer, weißt du……" Er grinste mich vielsagend an. Dann reichte er mir das Kuvert und das Wechselgeld. „Und ich habe schon gedacht, dass du uns hier einen gewaltigen Bären aufbinden wolltest……!"

Er begleitete mich zur Ladentür und schlug mir heftig auf die Schulter. Dabei schrie er: „In deinem Alter habe ich sowas auch noch nicht gebraucht. Mann, waren das noch Zeiten……" Mit einem brüllenden Lachen ging er zurück in sein Geschäft.

Ich klemmte mir das Paket fest unter den Arm und verließ eilig das Bahnhofsgebäude. Vor der Tür atmete ich mehrmals tief durch, um mich zu beruhigen. Warum hatte Hilde die Zeitschriften für Eduard nicht selbst besorgt, wollte sie mich absichtlich dieser peinlichen Situation aussetzen?

Stärker als die Frage nach Hildes Motivation, mich die Pornohefte für Eduard besorgen zu lassen, beschäftigte mich die Begegnung mit dem Besitzer des Zeitschriftenladens. Der Gedanke an den Mann, der eine ungewöhnlich starke Erinnerung an meinen Vater hervorrief, verursachte mir eine Gänsehaut. Ich hatte große Mühe mich auf meine Arbeit zu konzentrieren und wollte die Magazine so schnell wie möglich wieder loswerden.

Als meine seelische Verfassung es zuließ machte ich mich auf den Weg ins Krankenhaus. Erwartungsvoll sah Eduard mir entgegen als ich sein Zimmer betrat. In einem Jogginganzug saß er an das Kopfende seines Bettes gelehnt: „Da bist du ja endlich, das wurde aber auch mal Zeit. Hilde hat dein Kommen schon lange angekündigt", begrüßte er mich barsch. „Hallo Eduard, wie geht es dir?", mit diesen Worten reichte ich ihm den Umschlag mit den Zeitschriften. Gierig riss er ihn mir aus der Hand und versteckte ihn unter seiner Decke. Dann winkte Eduard mich dichter zu sich heran und flüsterte: „Hast du mir auch was zu trinken mitgebracht?" „Eduard, was willst du denn trinken? Auf dem Flur stehen verschiedene Teesorten und Wasser aber…" „Nicht so laut", zischte er mich an und warf einen verstohlenen Blick zu seinem Bettnachbarn. „Du siehst doch, dass der Mann schläft und außerdem muss der auch nicht alles wissen." Mit angewidertem Gesichtsausdruck fuhr er leise fort: „Deinen blöden Gesundheitstee kannst du selber trinken, ich brauche etwas vernünftiges." Seine Stimme änderte sich: „Aber es muss etwas sein, was nicht so stark oder am besten gar nicht riecht. Ich denke zum Beispiel an Wodka, es muss ja nicht der teuerste sein", verschwörerisch grinste er mich an. „Aber Eduard…", wollte ich gerade meine Bedenken äußern als die Tür aufging und eine Krankenschwester ins Zimmer trat. Es war die ältere Dame, die kürzlich noch verhindert hatte, dass ich Eduard besuchen konnte. Überrascht sah sie mich an: „Guten Tag, Herr……", sie stockte und wandte sich verlegen an Eduard: „Ich wusste ja gar nicht, dass Sie Besuch erwarten. Ich wollte gerade Ihr Bett frisch beziehen. Bitte nehmen Sie solange in der Besucherecke Platz." Auffordernd sah sie uns abwechselnd an. Mit mürrischem Gesicht griff Eduard unter seine Bettdecke, zog das Paket mit den Zeitschriften hervor und schloss es in seinen Schrank ein. Die Schwester drängte mich aus dem Zimmer, wobei ich einen Blick auf ihr Namensschild werfen konnte. Stationsschwester Heike, las ich und sah ihr ins Gesicht. Die Haut war grau und faltig, ihr Blick war streng und unter den Augen hatte sie dunkle Ringe, ihre Mundwinkel zeigten nach unten. Heike, diesen Namen erinnerte ich dunkel und ohne lange zu überlegen fragte ich direkt „Entschuldigen Sie, Schwester Heike, wir sind uns in der Vergangenheit ja schon öfter begegnet. Ist es möglich, dass Sie meinen Vater gekannt haben?" „Woher sollte ich Ihren Vater kennen?", gab sie gereizt zur Antwort. „Mein

Vater ist vor einiger Zeit plötzlich verstorben", meine Stimme wirkte brüchig, „er war Arzt und hat in verschiedenen Krankenhäusern gearbeitet. Es wäre doch möglich, dass Sie mit ihm zusammengearbeitet haben", erwiderte ich. Ihre Miene verfinsterte sich und sie wies mit ausgestrecktem Arm in Richtung der Sitzecke auf dem Flur als sie ärgerlich hervorstieß: „Wir arbeiten mit sehr vielen Ärzten zusammen, da kann man nicht jeden im Gedächtnis behalten. Bitte gehen Sie jetzt endlich und belästigen Sie mich nicht länger mit Ihren Fragen." Mit einer energischen Handbewegung forderte sie auch Eduard auf den Raum zu verlassen und schloss geräuschvoll die Tür hinter uns. Erstaunt sah Eduard mich an: „Du hast Recht, Erwin, das ist die Frau, die dich im Café beobachtet hat. Ich dachte du hättest was mit ihr, aber da habe ich mich wohl geirrt." Mit einem misstrauischen Blick fuhr er fort: „Aber wie kommst du auf die Idee mit deinem Vater?" Bevor ich auf diese Frage eingehen konnte kam Schwester Heike mit energischen Schritten auf uns zu und sagte an mich gewandt: „Sie müssen jetzt gehen, die Visite beginnt gleich." Mit den Händen in die Hüften gestemmt stand sie vor uns und sah mich mit strenger Miene an. Als sie sich für einen kurzen Moment umdrehte, um zu prüfen, ob der Oberarzt schon auf der Station war, zupfte Eduard mich am Ärmel. Erstaunt sah ich ihn an und er machte mir ein eindeutiges Zeichen um mich an seine Bitte um Alkohol zu erinnern. Betont freundlich verabschiedete er sich von mir: „Vielen Dank für deinen Besuch, Erwin. Ich hoffe du kommst bald mal wieder vorbei." Dabei zwinkerte er mir zu, stand stöhnend von seinem Stuhl auf und folgte langsam und mit schlurfenden Schritten Schwester Heike in sein Zimmer.

Auf dem Weg zur Bushaltestelle ließ ich die letzte Stunde noch einmal Revue passieren. Ich hatte den Eindruck gehabt, dass sich die Krankenschwester im letzten Moment darauf besonnen hatte mich nicht mit meinem Namen zu begrüßen. Warum hatte sie auf die Frage, ob sie meinen Vater gekannt hatte so gereizt reagiert? Sie hatte sich ja nicht einmal nach seinem Namen erkundigt. Es wäre doch interessant gewesen sich über den möglichen Ort und den Zeitpunkt der Zusammenarbeit zu unterhalten. Ihr Verhalten mir gegenüber verstärkte meinen Verdacht, dass die beiden doch zumindest Arbeitskollegen gewesen sein mussten.

Im Büro herrschte gedämpfte Stimmung. Gerüchte über mögliche Umstrukturierungen machten die Runde und hinter vorgehaltener Hand wurde sogar über Entlassungen spekuliert. Kaum jemand meldete sich krank und jeder widmete sich konzentriert seinen Aufgaben, um zuverlässig zu erscheinen und so möglichst aus der Schusslinie zu geraten. Selbst Regina, die in der Vergangenheit gerne betont hatte: „Mir kann keiner was. Ich bin alleinerziehende Mutter und genieße daher besonderen Schutz", widmete sich auffällig gewissenhaft ihrer Arbeit.

Auch ich bemühte mich, mir meine seelische Verfassung nicht anmerken zu lassen. Die Begegnung mit dem Inhaber des Zeitschriftenladens hatte mich sehr verwirrt. War es möglich, dass es sich um einen Doppelgänger meines Vaters handelte, oder sogar um einen Verwandten? Welche Möglichkeiten hatte ich, um das herauszufinden? Den Kassenzettel hatte ich Eduard mit in den Umschlag mit den Zeitschriften gelegt, so konnte ich nicht prüfen, ob der Name des Ladeninhabers darauf genannt wurde.

Vor meinem nächsten Besuch im Tierheim machte ich einen Umweg und ging im Bahnhof vorbei. Als ich in die Nähe des kleinen Ladens kam schlug mir das Herz bis zum Hals. Was sollte ich sagen, wenn der Besitzer mich sah und fragte was ich wollte? Scheinbar hochgradig interessiert sah ich mir die Auslagen im Schaufenster an und entdeckte zu meiner Überraschung in einer Ecke ein kleines Schild mit dem Namen des Inhabers: P. Schwarz. Mein Puls schlug schneller und meine Hände waren plötzlich schweißnass, ich traute meinen Augen kaum. Der Mann schien mich bemerkt zu haben und kam durch den Laden auf die Eingangstür zu. Mit eiligen Schritten entfernte ich mich in Richtung der Bahnhofshalle und mischte mich unter die vielen Menschen. Erst als ich das Gefühl hatte nicht mehr so schnell entdeckt werden zu können, trat ich vor das Schaufenster eines Lederwarengeschäfts und atmete tief durch. Ich kam mir vor wie auf der Flucht, aber warum nur? Was wäre an einer erneuten Begegnung mit Herrn Schwarz so schlimm gewesen?

Als ich mich etwas beruhigt hatte, setzte ich meinen Weg ins Tierheim fort. Louisa bemerkte meine Zerstreutheit sofort: „Erwin, wie siehst du denn aus, geht es dir nicht gut?" „Ach, ich habe im Moment sehr viel zu tun, deshalb bin ich etwas abgehetzt. Aber sonst ist alles in Ordnung." Misstrauisch sah Louisa mich an: „Ich muss mich gerade auf mehrere Klausuren vorbereiten, deshalb bin ich selbst ein bisschen im Stress. Lass uns doch bald mal einen Kaffee trinken gehen, dann können wir uns mal ganz in Ruhe unterhalten." Ich nickte nur stumm und widmete mich den Hunden, die schon aufgeregt bellten. Louisa klingelte zum Abschied und fuhr winkend auf ihrem Fahrrad an mir vorbei. Erleichtert atmete ich hörbar laut aus und die Hunde sahen mich verunsichert an. Dann ging ich mit ihnen auf die Spielwiese, wo sie ausgelassen tobten.

Nach einer Weile brachte ich sie zurück in ihren Zwinger und versorgte sie mit frischem Wasser, dann machte ich mich auf den Nachhauseweg.

In meiner Wohnung angekommen sah ich sofort, dass der Anrufbeantworter blinkte. Mein erster Gedanke galt Tim, den ich bei meinem letzten Kontaktversuch in einer sehr privaten Situation gestört hatte. Aber ich hatte mich geirrt, Pia hatte angerufen: „Hallo Erwin, hier ist Pia. Seit gestern habe ich nun endlich die Schlüssel für meine eigene Wohnung. Ich bin sehr glücklich und wollte dich fragen, ob dein Angebot mir beim Einzug zu helfen noch besteht." Nach einer kurzen Unterbrechung, während der sie hustete, sprach sie weiter: „Einen Transporter habe ich für Sonnabend bestellt und Peter wird auch wieder mit von der Partie sein. Bitte melde dich kurz bei mir, ob es klappt. Ich würde mich sehr freuen." Vorsichtshalber gab sie mir noch ihre Mobilfunknummer durch und wünschte mir noch einen schönen Tag. Pias Stimme hatte sich kräftig und fröhlich angehört, es schien ihr wirklich gut zu gehen. Nach einem Blick auf meinen Kalender beschloss ich mein Versprechen einzulösen und hinterließ eine entsprechende Nachricht auf ihrer Mailbox.

Mein Versuch mich auf die Zeitung zu konzentrieren schlug fehl, der Gedanke an Tim ging mir nicht aus dem Sinn. Die Idee ihn erneut anzurufen verwarf ich wieder. Tim hätte sich nach meinem letzten missglückten Versuch ja auch bei mir melden können. Aber scheinbar hatte er kein Interesse mehr am Kontakt mit mir. Erleichtert wurde mir bewusst, dass schon Donnerstag war, der Umzug am Samstag würde mich auf andere Gedanken bringen und das war auch gut so.

Der Freitag zog sich endlos hin und als endlich Feierabend war leerte sich das Büro in Windeseile. Nur Britta räumte umständlich ihren Schreibtisch auf, bevor sie mich fragte, ob ich wohl noch einen Moment Zeit für sie hätte. Erstaunt sah ich sie an und stellte fest, wie blass und verletzlich sie aussah. Wegen der allgemeinen Verunsicherung am Arbeitsplatz hatten wir unsere privaten Gespräche auf ein Minimum reduziert, um uns nicht angreifbar zu machen. Als Britta das Wort ergriff hatte sie Tränen in den Augen: „Erwin, ich weiß gar nicht was ich machen soll…" „Aber was ist denn passiert", ich trat einen Schritt näher an sie heran und sie begann zu schluchzen: „Regina hat gesagt, dass ich die erste sein werde, die entlassen wird." Sie ließ ihren Tränen freien Lauf: „Sie begründet es damit, dass ich als Letzte gekommen bin." Ich legte tröstend meinen Arm um ihre Schultern: „Das hat Regina doch nicht zu entscheiden", stieß ich empört hervor. „Wie kommt sie dazu so etwas zu sagen? Regina sollte sich nicht zu sicher sein, dass es sie nicht selbst trifft." „Der Betriebsrat, hat doch auch gesagt, dass noch gar nicht feststeht, ob es überhaupt zu Entlassungen kommt, stimmt's?", erwartungsvoll sah Britta mich an. „Ja, erst letzte Woche wurde uns doch schriftlich mitgeteilt, dass noch gar nichts entschieden ist. Wir müssen jetzt erst einmal abwarten, wie es weiter geht."

Britta wischte sich die Tränen ab und putzte sich die Nase, bevor sie mir einen Kuss auf die Wange gab: „Danke Erwin, ich bin so froh, dass ich mit dir reden kann und dass du mich verstehst." Sie löste sich aus meinem Arm während ich meine Gedanken laut aussprach: „Ich bin doch in einer ganz ähnlichen Situation wie du, Britta. Zwar bin ich schon länger hier angestellt, aber auch ich bin alleinstehend und habe niemanden für den ich sorgen muss, also der finanziell von mir abhängig ist." Nachdenklich nickte sie, wir nahmen unsere Jacken und Taschen und verließen das Büro. "Hast du am Wochenende etwas Schönes vor?", riss mich Britta aus meinen Gedanken. „Ich habe zugesagt bei einem Umzug zu helfen. Für Sonntag habe ich noch keine konkreten Pläne." Wir umarmten uns zum Abschied und jeder ging in seine Richtung.

Am nächsten Morgen war ich pünktlich am verabredeten Treffpunkt, wo Pia mich schon erwartete. Sie strahlte über das ganze Gesicht und bedankte sich für meine Zuverlässigkeit. Dann kam auch schon Peter mit dem Transporter um die Ecke und winkte uns fröhlich zu. Pia stieg als Erste zu ihm in den

Wagen, umarmte ihn herzlich und gab ihm einen Kuss auf den Mund. Als Peter mir die Hand gab lachte auch er mich glücklich an. Es war offensichtlich, dass die beiden ein Paar waren und ich spürte einen kleinen Stich in meinem Herzen.

Der Umzug war schon um die Mittagszeit erledigt und während Peter die elektronischen Geräte anschloss, saßen Pia und ich in der Küche und tranken Kaffee. „Erwin, wie geht es dir, du wirkst auf mich etwas angespannt…" Zögernd erzählte ich von der unerfreulichen Atmosphäre im Büro, aber Pia ließ nicht locker. „Erwin, das allein kann es nicht sein was dich belastet. Nun rück mal raus mit der Sprache, wo drückt dich der Schuh?" Nervös rutschte ich auf meinen Stuhl hin und her, „wenn du nicht willst, dass ich mit Peter darüber spreche kannst du es ganz offen sagen. Dann bleibt dieses Gespräch selbstverständlich ganz unter uns." Pia sah mir offen ins Gesicht: „Bitte glaube mir, Peter ist ein ganz anderer Typ als Tim. Wenn ihr euch erst besser kennt wirst du auch feststellen, dass man die beiden wirklich nicht miteinander vergleichen kann". Schweigend wartete Pia ab, ob ich das Wort ergreifen würde und knabberte genussvoll an einem Keks. „Pia, es fällt mir schwer darüber zu sprechen", und nach einem lauten Seufzer fuhr ich fort: „Du weißt ja, dass mein kürzlich verstorbener Vater mir ein Päckchen hinterlassen hat. Darin waren Dinge enthalten, mit denen ich nichts anfangen kann."

Sie sah mich aufmerksam an und lauschte meinen Worten: „Neulich habe ich für meinen Nachbarn Zeitschriften im Bahnhofskiosk abgeholt und habe mich sehr erschrocken. Der Inhaber des Ladens hat mich total an meinen Vater erinnert."

Meine Stimme zitterte vor Aufregung und ich musste einen Schluck trinken, bevor ich weiterreden konnte. „Der Anblick des Mannes hat mich total aus der Bahn geworfen und böse Erinnerungen geweckt." Tränen schossen mir aus den Augen und Pia sah mich bestürzt an. Wir schwiegen beide eine Weile, bevor ich wieder sprechen konnte: „Ich habe natürlich keine Ahnung, ob es Zufall und der Mann ein Doppelgänger ist oder ob mein Vater Verwandte hatte. Fest steht aber, dass auch der Familienname identisch ist." Um mich zu beruhigen griff auch ich beim Gebäck zu: „was soll ich bloß machen? Wenn ich den Mann direkt frage, ob er der Bruder meines Vaters ist, wird er mich doch für verrückt erklären…"

Pia überlegte einen Moment bevor ich sie leise sagen hörte: „Erwin, an deiner Stelle würde ich den Ladeninhaber direkt ansprechen. Was kann schon passieren? Vielleicht hält er dich wirklich für übergeschnappt, aber es besteht doch auch die Möglichkeit, dass er sich freut so einen netten jungen Mann, zum Neffen zu haben." Sie legte ihre warme Hand auf meinen Arm und sprach weiter: „Wenn es sich tatsächlich um den Bruder deines Vaters handelt wird er dir doch sicher viele deiner Fragen beantworten können." Ich versprach darüber nachzudenken und verabschiedete mich von Pia und Peter. Lange dachte ich über Pias Vorschlag nach, aber ich konnte mich nicht dazu durchringen den Inhaber des Kiosks anzusprechen.

Eduard war inzwischen aus dem Krankenhaus entlassen worden und wir hatten uns zu einem kurzen Spaziergang im Park verabredet.

Noch ehe wir die Grünanlage erreicht hatten platzte es aus ihm heraus: „Sag mal, Erwin, wer bist du eigentlich wirklich?"

Ungläubig sah ich ihn an: „Eduard, ich verstehe deine Frage nicht…" „Was gibt es da nicht zu verstehen, eine ältere Frau stellt dir nach und behauptet trotzdem, dich nicht zu kennen…"

Er musste einen Moment stehen bleiben, um wieder zu Atem zu kommen. „Paul hat sich auch nach dir erkundigt. Irgendwie kommst du ihm bekannt vor, aber er meinte du hättest dich ihm gegenüber komisch verhalten. Was bedeutet das alles?"

Fassungslos starrte ich Eduard von der Seite an: „Wer um Himmels Willen ist Paul?" „Ach nun tu doch nicht so unwissend. Paul Schwarz ist der Mann, der den Kiosk im Bahnhof betreibt. Bei ihm hast du doch die Illustrierten für mich abgeholt." Mir wurde heiß und kalt zugleich: „Ich hatte ja keine Ahnung wie der Mann heißt", und nach einer kurzen Pause: „Was hat er denn noch über unsere Begegnung erzählt?" Gespannt wartete ich auf eine Antwort, aber Eduard ließ sich Zeit. Er schnaufte und rang nach Luft: „Paul behauptet, dass du regelmäßig durch den Bahnhof schleichst und er hat das Gefühl, dass du versuchst ihn auszuspionieren." Misstrauisch sah er mich an: „Paul wollte von mir wissen, ob du vertrauenswürdig bist oder ob er der Polizei mal einen Hinweis geben soll." Vor Schreck blieb ich stehen: „Und was hast du geantwortet?" Eduard war erschöpft und wir setzten uns auf eine Parkbank in der Nähe. „Na was kann ich schon über dich berichtet haben, ich habe ihm versichert, dass du ein harmloses Bürschchen bist und dass er von dir nichts zu befürchten hat." Er fixierte seine Schuhe und begann mit den Füßen im Sand zu scharren. Ich wartete gespannt was er als nächstes sagen würde. „Im Grunde weiß ich doch gar nichts über dich, außer dass du so gut wie nie Besuch bekommst und überhaupt ein recht merkwürdiger Kerl zu sein scheinst." Ich traute meinen Ohren kaum: „Eduard, wie kommst du denn zu dieser Einschätzung?" „Also hör mal, ich bin zwar alt, aber nicht verkalkt", empörte er sich. „In deinem Alter habe ich jede Woche ein anderes Mädel gehabt und in meinem Elternhaus gingen meine Freunde regelmäßig ein und aus."

Wütend sah er mir ins Gesicht: „Aber bei dir passiert nie etwas. Eine Zeit lang kam ab und zu so ein junger Mann zu dir und Hilde hatte schon die Vermutung geäußert, dass du schwul sein könntest." Gespannt wartete er auf eine Reaktion von mir, aber mir hatte es die Sprache verschlagen. „Also was ist, nun mal raus mit der Sprache, was willst du von Paul?" Ich spürte wie mir der Schweiß ausbrach und meine Oberlippe zu zittern begann. Als ich nicht sofort antwortete ergriff Eduard wieder das Wort: „Also, wenn du dich in Paul verguckt hast, das kannst du vergessen, der ist nur an Frauen interessiert." Er stieß ein verächtliches Lachen aus, schlug mir mit seiner großen Pranke aufs Knie und zog einen Flachmann aus seiner Jackentasche. „Hier, trink einen Schluck und nimm es nicht so tragisch, warme Brüder sind doch auch Menschen." Empört wies ich den Alkohol zurück, woraufhin Eduard die Flasche mit einem Zug leerte. Nachdem er laut gerülpst hatte sah er mich traurig an und sagte mit belegter Stimme: „Mensch Erwin, wir haben doch alle unser Päckchen zu tragen. Im Grunde ist es doch völlig egal, ob du dich zu Männern oder zu Frauen hingezogen fühlst. Am Anfang ist alles super, und du hast das Gefühl der Himmel hängt voller Geigen." Er leerte eine zweite Flasche und wurde redselig: „So war's bei Hilde und mir auch, aber dann wurde ich arbeitslos. Um unseren Lebensunterhalt zu verdienen habe ich mir schließlich einen Job als Monteur gesucht und war immer nur am Wochenende zuhause." Verstohlen wischte Eduard sich über die Augen und rieb sich das Kinn. „Als Hilde mir eines Tages eröffnete, dass sie schwanger sei bin ich fast ausgerastet vor Freude."

In Gedanken fragte ich mich, was das alles mit mir zu tun hätte, ich konnte mir keinen Reim darauf machen, warum Eduard mir das alles erzählte. Gespannt wartete ich auf die Fortsetzung und nickte ihm aufmunternd zu. „Als das Kind dann da war habe ich Urlaub genommen und die beiden nach Strich und Faden verwöhnt. Hilde benahm sich sehr merkwürdig und wies mich immer wieder zurück. Ich habe es auf die Hormonumstellung nach der Schwangerschaft geschoben." Bei diesen Worten knetete er seine Hände und holte schließlich mit zitternden Fingern eine neue Flasche aus der Innentasche seiner Jacke. Auch diese trank er in einem Zug leer und rülpste ein weiteres Mal. Mit schwerer Zunge sprach er weiter: „Heute weiß ich es besser, es waren nicht die Hormone, es war der Hausmeister!" Ein lautes Schluchzen folgte, bevor er schrie: „Das Kind, das Hilde mir untergejubelt hat ist ein Kuckuckskind. In Wahrheit ist der Hausmeister der Vater!" Mir blieb vor Schreck der Mund offenstehen: „Woher weißt du das, Eduard?" Er holte tief Luft: „Irgendwann haben wir Krach gehabt, weil ich einen Wunsch unserer Tochter nicht erfüllen wollte, ich hielt ihn für völlig überzogen. Vor Wut hat Hilde mich dann angeschrien und mir an den Kopf geworfen, dass ich ein Versager wäre, der es nicht einmal schafft, ihr ein Kind zu machen." Tränen schossen ihm in die Augen. „Aber wenn es ums Geld ging, dann war ich gut genug, daran hat sich auch bis heute nichts geändert."

„Eduard das ist ja schrecklich, hast du denn nicht mal über Scheidung nachgedacht", fragte ich bestürzt. „Über Mord habe ich gegrübelt, aber Scheidung kommt nicht in Frage. Das kann ich mir nicht leisten!" „Das verstehe ich nicht, wo liegt das Problem, Eduard?" „Also Erwin, du hast wirklich keine Ahnung! Hilde hat seit der Geburt nie wieder gearbeitet und das bedeutet, dass ich ihr von meiner kleinen Rente Unterhalt zahlen müsste. Von dem bisschen Geld, das mir bliebe, kann ich mir keine Wohnung leisten. Das bedeutet, dass ich als Obdachloser mein Leben fristen müsste." Und nach einer kurzen Pause spie er die Worte förmlich aus: „Altersarmut, hast du davon schon mal gehört?"

Er fingerte ein schmutziges Stofftaschentuch aus seiner Hosentasche und schnäuzte sich geräuschvoll die Nase. Ich wusste nicht was ich sagen sollte, ihn wissen zu lassen „Es tut mir leid" war mir einfach zu abgedroschen und so legte ich meine Hand auf seine und drückte sie ganz leicht.

Eine ganze Weile saßen wir schweigend nebeneinander, bis Eduard sich räusperte und stöhnte: „Jetzt verstehst du vielleicht, warum ich ab und zu einen trinke. Vielleicht ist deine Art zu leben besser, Erwin. Du trägst für niemanden die Verantwortung und du kannst machen was du willst. Aber ist so ein Leben auf die Dauer nicht auch langweilig?" Ich suchte noch nach einer Antwort, als Eduard sich abrupt erhob und mich wissen ließ, er müsste jetzt erst einmal mit seinen Gedanken alleine sein. Mit schlurfenden Schritten ging er zum Abfalleimer und warf seine leeren Flaschen hinein. Danach bog er in einen anderen Weg ein und entzog sich so meinen Blicken.

Das Geständnis von Eduard beschäftigte mich noch lange. Er hatte mir sein Herz ausgeschüttet und berichtet, dass er seit vielen Jahren betrogen und ausgenutzt wurde.

In meiner Familie war es meine Mutter gewesen, die betrogen worden war, es konnte also beide Geschlechter treffen.

Dann fiel mir der Kioskbesitzer wieder ein, der mich im Bahnhof gesehen haben musste. Bevor er mir die Polizei auf den Hals hetzte würde ich das Gespräch mit ihm suchen müssen.

Der Gedanke daran machte mich nervös. Was sollte ich ihm sagen, was ihn fragen und würde er mir glauben? Welche Beweise würde ich auf sein Verlangen hin vorlegen können?

Das Gespräch mit Eduard hatte mich nachhaltig beeindruckt. Nachts schreckte ich schweißgebadet aus dem Schlaf, ich hatte geträumt, dass die Polizei mir im Bahnhof in der Nähe des Kiosks aufgelauert hätte. In meinem Traum folgten nach der Festnahme stundenlange Verhöre in der Art, wie ich sie aus Agentenfilmen kannte, und in denen Spione von hellem Licht geblendet wurden.

Es dauerte eine Weile bis ich feststellte, dass alles nur ein böser Traum gewesen war, aber an Schlaf war nicht mehr zu denken. Wie ein gehetztes Tier lief ich in der Wohnung umher und schaltete schließlich das Radio ein. Es lief noch das Nachtprogramm und zu meiner großen Überraschung berichtete der

Sprecher über eine Begegnung, die ihn sehr beeindruckt hatte. Der Moderator erzählte von einem Interview, das er kürzlich mit einer Mitarbeiterin der Telefonseelsorge geführt hatte. Er war fasziniert gewesen von der Frau. Sie hatte gesagt, dass Menschen aus allen gesellschaftlichen Schichten anriefen, um über ihre Sorgen oder in seltenen Fällen auch über freudige Ereignisse zu sprechen. Die Mitarbeiterin der Telefonseelsorge hatte versichert, dass ihr und ihren Kollegen nichts fremd sei und das über alles, wirklich über alles gesprochen werden könnte. Niemand müsste Angst haben ausgelacht zu werden und die Gespräche wären selbstverständlich anonym. Abschließend hatte sie noch darauf hingewiesen, dass die Zentrale Tag und Nacht erreichbar sei. Der Moderator schloss mit der Ankündigung: „Also, liebe Hörerinnen und Hörer, wer sich von Ihnen mit einem Problem herumschlägt, das er alleine nicht lösen kann oder wem aus welchen Gründen auch immer das Herz schwer ist, gleich nenne ich Ihnen die Nummer gegen Kummer. Wir spielen noch einen Musiktitel, um Ihnen die Gelegenheit zu geben sich einen Zettel und einen Stift zu suchen. Nach dem nächsten Song kommt dann die Telefonnummer. Bis gleich."

Mit zitternden Fingern notierte ich mir die Nummer mit der festen Absicht anzurufen und meine Situation zu schildern.

Doch dann verließ mich der Mut und in Gedanken beschimpfte ich mich: „Erwin, was bist du bloß für ein Hasenfuß!"

Bei meiner erneuten Wanderung durch die Wohnung betrat ich das Badezimmer und blieb vor dem Spiegel stehen. Forschend betrachtete ich meine Gesichtszüge im Spiegelbild. Besondere Aufmerksamkeit schenkte ich meiner Augenpartie, der Nase und dem Kinn. Bildete ich mir das nur ein, oder hatte mein Riechorgan Ähnlichkeit mit dem von Herrn Schwarz?

So gut es möglich war versuchte ich mein Profil zu betrachten und nahm dabei auch meine Ohren in Augenschein. Im Geist hörte ich Eduard sagen: „Irgendwie kommst du Paul Schwarz bekannt vor…" Wieder starrte ich in den Spiegel, die Farben meiner Augen und die der Haare ähnelten denen meiner Mutter. Auch die Körpergröße und die Statur entsprachen eher der mütterlichen Linie. Meine Erinnerungen an das Aussehen meines Vaters waren zu schwach um weitere Details entdecken oder ausschließen zu können. Gerne wüsste ich welche Einzelheiten Herrn Schwarz aufgefallen waren und was ihm an mir bekannt vorgekommen war.

Plötzlich hatte ich die Idee, ob ich Eduard bitte sollte mit mir gemeinsam in den Kiosk zu gehen. Gleich verwarf ich diesen Gedanken wieder, ich war ein erwachsener Mann und Eduard würde sich sicher über mich lustig machen, wenn ich ihn darum bat.

Als ich das nächste Mal durch den Bahnhof ging, steuerte ich den Zeitschriftenladen direkt an und ging hinein. Das junge Mädchen stand hinter dem Ladentisch, begrüßte mich freundlich lächelnd und fragte nach meinen Wünschen. „Ist Herr Schwarz zu sprechen?" Ihr Gesicht rötete sich leicht als sie antwortete: „Der Chef hat einen Termin, er kommt erst am späten Nachmittag zurück." Fragend sah sie mich an: „Kann ich Ihnen vielleicht helfen?" Ich verneinte und lehnte auch ihr Angebot ihm etwas auszurichten ab. „In den nächsten Tagen werde ich es noch einmal versuchen", versicherte ich ihr. Mit klopfendem Herzen verabschiedete ich mich und verließ den Laden. Warum war ich nur so aufgeregt, war es wegen dem Gespräch mit Herrn Schwarz, oder war es das junge Mädchen, das mir schon bei meinem ersten Besuch in dem Laden gefallen hatte?

Einige Tage später, als ich einen erneuten Versuch unternehmen wollte, sah ich Paul Schwarz und Schwester Heike vor der offenen Ladentür stehen. Sie schienen vertraut miteinander zu sein und lachten. Dann sah Herr Schwarz mich und sein

Gesichtsausdruck änderte sich schlagartig. Aufmerksam geworden auf diese Veränderung sah auch Schwester Heike zu mir herüber und verzog das Gesicht. Schnell verabschiedete sie sich und ging mit eiligen Schritten auf den Ausgang zu. War das ein Zufall, oder war es ein weiteres Indiz dafür, dass es sich bei Paul Schwarz um den Bruder meines verstorbenen Vaters handelte?" „Ich werde es herausfinden", schwor ich mir, „aufgeben kommt nicht in Frage."

Nach diesem gescheiterten Versuch überlegte ich, wie ich mein Gespräch mit dem Mann beginnen könnte. Da ich nicht wusste, wie Herr Schwarz auf mein Erscheinen reagieren würde beschloss ich, spontan in den Laden zu gehen. Ich würde es an einem Tag wagen, an dem ich mich gut und stark fühlte und dann würde mir mit Sicherheit eine passende Einleitung einfallen.

Mir schlug das Herz bis zum Hals, als ich wenige Tage später zielstrebig auf den Laden zuging. „Das sieht ja keiner", beruhigte ich mich und ermahnte mich zu einer aufrechten Körperhaltung und einem offenen Blick, so wie wir es immer wieder im Impro-Theaterkurs trainierten. Kurz bevor ich die Eingangstür erreichte war ich in Versuchung mein Vorhaben abzubrechen, als ich in Gedanken Hannahs aufmunternde Stimme hörte, die mir versicherte: „Erwin, du bist stark, du schaffst das." Als ich über die Schwelle trat blickte Herr Schwarz von seiner Zeitung auf und sah mich fragend an: „Guten Tag, junger Mann, was kann ich für dich tun?" „Sagt Ihnen der Name Anton Schwarz etwas?", kam es mir kaum hörbar über die Lippen. Auf Bitten des Mannes wiederholte ich meine Frage, diesmal laut, jedoch mit zitternder Stimme. Plötzlich verengten sich die Augen meines Gegenübers zu schmalen Schlitzen und sein Gesicht verzog sich zu einer Grimasse. Ich erstarrte vor Schreck, ich hatte das Gefühl meinem Vater gegenüber zu stehen. „Wer bist du, und was willst du?", knurrte er mich an. „Mein Name ist Erwin Zuckerbein, ich bin der Sohn von Anton Schwarz." Misstrauisch musterte er mich: „Ich…", er unterbrach sich und überlegte: „Ich wollte sagen das macht doch nichts." Paul Schwarz legte den Kopf schief: „Zuckerbein hast du gesagt?", sein Gesicht verzog sich zu einem Grinsen: „Dazu kann ich dich ja nur beglückwünschen." Mir stieg die Röte ins Gesicht und verlegen trat ich von einem Fuß auf den anderen als ich bemerkte, dass die junge Angestellte unsere Unterredung mit angehört hatte. Mit spöttischem Blick sah der Ladeninhaber mich an: „und was willst du von mir, erwartest du Tipps für den Umgang mit deinem guten Stück?" Als er meine Verlegenheit bemerkte stieß er ein brüllendes Lachen aus und ich verließ fluchtartig den Laden.

Wutentbrannt und mit Tränen in den Augen stürmte ich aus dem Bahnhofsgebäude. „Warum lässt du dir immer solche Gemeinheiten gefallen?", schoss es mir durch den Kopf. „Was werden Hannah und die anderen Kursteilnehmer von dir denken, wenn du von diesem Vorfall berichtest?" Ich verdrängte diesen Gedanken und entschloss mich ins Tierheim zu fahren. Die Beschäftigung mit den Hunden würde mich auf andere Gedanken bringen.

Im Eingangsbereich des Tierheims begegnete mir Schwester Heike, sie nickte nur beiläufig, sah demonstrativ auf ihre Armbanduhr und eilte in Richtung der Bushaltestelle. Scheinbar wollte sie eine Unterhaltung mit mir vermeiden.

Langsam schlenderte ich zu den Zwingern und wurde mit freudigem Gebell begrüßt. Sofort entspannte ich mich und spürte wie sich ein Lächeln auf meinem Gesicht ausbreitete. Die Wolken rissen auf und die Sonne lugte zwischen ihnen hervor. Die Hunde ließen sich bereitwillig auf die Spielwiese führen und begannen fröhlich herumzutollen. Eine Fahrradklingel riss mich aus meinen Gedanken. Louisa kam mit hoher

Geschwindigkeit und aufgeregt winkend auf ihrem rostigen Drahtesel auf mich zu. Sie musste scharf bremsen und wäre auf dem sandigen Boden fast gestürzt. Nachdem sie ihr Rad ins Gebüsch geworfen hatte, kam sie strahlend auf mich zu und umarmte mich: „Endlich bist du auch mal wieder hier, Erwin. Wie geht es dir?" Prüfend sah sie mir ins Gesicht: „Ist alles in Ordnung bei dir?" Ich bejahte ihre Frage, aber Louisa blieb misstrauisch: „Mein Gefühl sagt mir, das dich irgendetwas quält. Willst du mir nicht sagen, worum es geht?" Ihre Stimme war leiser geworden und sie drückte leicht meinen Arm: „Ach Erwin, es tut mir so leid. Aber ich kann auch verstehen das du mir nicht alles erzählen magst. Wir kennen uns ja noch gar nicht richtig." Nach einer kurzen Pause sprach sie erneut: „Wir wollten doch einmal zusammen Kaffee trinken gehen, erinnerst du dich?" „Ja, jetzt wo du es sagst." Louisa musste gespürt haben, dass ich mit meinen Gedanken nicht bei der Sache war, sie nahm einen Zettel aus ihrer Tasche und machte Notizen darauf. Sie gab mir das Papier mit den Worten: „Erwin, dies ist meine Telefonnummer. Bitte ruf mich an, wenn du reden möchtest, okay?" Zum Abschied umarmte sie mich und gab mir einen Kuss auf die Wange, bevor sie fröhlich pfeifend auf ihrem Fahrrad davonfuhr. Ich brachte die Hunde zurück in ihren Zwinger und betrachtete nachdenklich den Fetzen Papier mit Louisas Telefonnummer. Die Telefonseelsorge fiel mir wieder ein, sollte ich diesen Schritt wagen? Immerhin könnte ich sicher sein, dass meine Angelegenheit anonym bleiben würde. Und ich würde nicht Gefahr laufen ausgelacht zu werden oder dass jemand auf der Straße mit Fingern auf mich zeigte. Ich beschloss noch ein paar Tage nachzudenken, bevor ich mich entscheiden würde.

Die Zeit, die ich mir zugestanden hatte, um eine Entscheidung zu fällen verlief ohne einen konkreten Beschluss. Ich war unzufrieden mit mir und schalt mich einen Feigling.

Wenige Tage später kam ich gerade aus dem Tierheim zurück und war guter Dinge. Verwundert stellte ich fest, dass mein Anrufbeantworter blinkte. Neugierig wollte ich die Nachrichten abhören, aber bei zwei Anrufen hörte ich zunächst nur ein Rauschen und dann ein Schluchzen, bevor die Verbindung unterbrochen wurde. Erst der dritte Anruf ließ Pias aufgeregte Stimme erkennen. Mit weinerlicher Stimme bat sie darum so schnell wie möglich zurück gerufen zu werden. Was war passiert, hatte Peter sich von ihr getrennt, oder hatte sie ihre Arbeit verloren? Noch am selben Abend versuchte ich Pia zu erreichen, aber ohne Erfolg.

Erst zwei Tage später hatte ich Glück, sie meldete sich am Telefon. Ihre Stimme klang müde und erschöpft. „Danke, dass du anrufst, Erwin", mit bebender Stimme fuhr sie fort: „Es ist alles so schrecklich." Ich hörte sie weinen und Peter übernahm das Gespräch, nachdem er tröstend auf Pia eingeredet hatte: „Pia hat einen Anruf von Tims Mutter erhalten. Tim liegt im Krankenhaus." „Aber was ist denn passiert, hat er einen Unfall gehabt?", fragte ich erschrocken. Peter holte tief Luft, bevor er kaum hörbar sagte: „Nein, es war kein Unfall. Tim hat versucht sich das Leben zu nehmen." Schockiert starrte ich den Telefonhörer an und stammelte: „Hab' ich dich richtig verstanden, Peter, Tim hat versucht sich umzubringen?" Wieder herrschte einen Moment Stille am anderen Ende der Leitung, nur Pias Weinen war leise zu hören. „Ja, Erwin, es stimmt. Tims Mutter hat Pia benachrichtigt. Tim liegt auf der Intensivstation, es geht ihm sehr schlecht." Mir hatte es zunächst die Sprache verschlagen, ich konnte es nicht glauben. Schließlich stotterte ich: „Aber warum hat er das getan?" „Entschuldige, Erwin, ich muss mich jetzt dringend um Pia kümmern. Sie wird sich sicher in den nächsten Tagen bei dir melden. Vielleicht weiß sie dann schon genaueres. Gute Nacht, Erwin."

Die Verbindung wurde unterbrochen und ich saß da wie erstarrt. Was war passiert, Tim war doch immer stark und voller Energie gewesen. Welcher Umstand konnte ihn so aus der Bahn geworfen haben? Wieder verbrachte ich eine schlaflose Nacht. Peter hatte nicht gesagt in welche Klinik man Tim gebracht hatte und ich hatte vor Aufregung vergessen danach zu fragen. Aber wenn er auf der Intensivstation lag, würde man mich wirklich zu ihm lassen und würde Tim mit meinem Besuch überhaupt einverstanden sein?

Dann kam eine neue Mitteilung von Pia. Sie hatte die Erlaubnis erhalten Tim zu besuchen und er hatte sie gebeten mir auszurichten, dass er gerne mit mir sprechen würde.

Wie Pia erfahren haben wollte hatten die Ärzte Tim erklärt, dass er vermutlich nicht mehr lange leben würde und nun wollte er sein Gewissen erleichtern.

Nachdem ich die Tür zum Krankenzimmer geöffnet hatte, wich ich erschrocken zurück. Ich hätte meinen Freund kaum wiedererkannt.

Seine Gesichtshaut war grau und seine Wangen eingefallen, unter den Augen hatte er dunkle Ringe. Seine Stimme war kaum hörbar und ich musste mich über ihn beugen, um überhaupt ein Wort verstehen zu können. „Erwin, bitte verzeih mir…" „Tim, ich habe keine Ahnung, wovon du sprichst, was soll ich dir verzeihen?", krächzte ich leise. „Ich habe," Tränen liefen ihm über das Gesicht und er ergriff meine Hand. Nur mit großer Mühe konnte er die Worte artikulieren: „Ich habe unseren Vater umgebracht." Er schloss die Augen und seine Hände zitterten. „Tim, was redest du da, ich fürchte du verträgst die Medikamente nicht. Du hast ja Wahnvorstellungen." „Hör auf mit dem Unsinn, Erwin, ich weiß ganz genau was ich sage." Böse funkelte er mich an: „Dein Vater war auch mein Vater und ich habe ihn auf dem Gewissen." Erschöpft drehte Tim den Kopf zur Seite und lockerte den Griff, mit dem er meine Hand gehalten hatte. Ich fühlte, wie Übelkeit in mir aufstieg und überlegte, ob ich nach dem Pflegepersonal klingeln sollte. Doch dann flog plötzlich die Tür auf und Schwester Heike stürmte auf das Krankenbett zu. Statt ihrer Arbeitskleidung trug sie einen zerknitterten Hosenanzug und ihre Haare waren ungekämmt. Ihre Gesichtsfarbe war grau und die Augen waren gerötet und verweint.

„Bitte gehen Sie", forderte sie mich unmissverständlich auf, während sie an Tims Bett trat und seinen Puls fühlte.

Langsam erhob ich mich und schlich in Richtung Ausgang. Draußen setzte ich mich auf eine Bank im Schatten einer mächtigen Buche. In meinem Kopf drehte sich alles, hatte Tim wirklich gesagt „dein Vater war auch mein Vater"? Und hatte ich ihn richtig verstanden, er hatte unseren Vater getötet? Konnte das alles stimmen? Ich stieß einen Seufzer aus und schloss die Augen.

Eine sanfte Berührung am Arm ließ mich erschrocken hochfahren, ich musste eingeschlafen sein. Ich glaubte noch zu träumen als ich die Augen öffnete und Schwester Heike vor mir stehen sah. „Darf ich mich zu Ihnen setzen?", fragend sah sie mir ins Gesicht. Noch ganz benommen von den Ereignissen der letzten Stunde nickte ich nur stumm und rückte ein Stück zur Seite. Sie setzte sich zu mir und zündete sich eine Zigarette an. Gedankenverloren betrachtete sie die Glut zwischen den einzelnen Zügen, bevor sie wieder sprach: „Ich denke es ist an der Zeit, dass wir mal miteinander reden." Verblüfft sah ich sie an. „Sie sind Tims Freund Erwin, stimmt?" Ich nickte zustimmend. „Tim hat eine große Dummheit gemacht", gierig zog sie erneut an ihrer Zigarette, „oder besser gesagt, er hat wieder eine gemacht…" Aus ihrer Handtasche holte sie ein Papiertaschentuch und wischte sich die Tränen ab. „Entschuldigen sie", stammelte sie und schluchzte: „Es ist alles so schrecklich für mich". Und nach einer kurzen Pause: „Ich bin Tims Mutter". Ein Weinkrampf schüttelte sie und ich saß da wie gelähmt, war das alles Wirklichkeit oder befand ich mich in einem Albtraum?

„Ich habe solche Angst, dass ich Tim auch noch verliere", sie verbarg ihr Gesicht in den Händen und weinte bitterlich. Spaziergänger sahen misstrauisch zu uns herüber, aber ich hatte keine Ahnung was ich hätte tun können.

Nachdem wir eine Zeit lang schweigend, nebeneinandergesessen hatten, gab Schwester Heike mir einen Zettel mit einer Telefonnummer: „Bitte rufen sie mich in den nächsten Tagen an, ich würde mich gerne mit Ihnen unterhalten." Sie stöhnte leise auf als sie sich erhob, dann strich sie ihre Kleidung glatt und reichte mir zum Abschied die Hand: „Ich bin Heike, darf ich Erwin und du sagen?" „Ja, klar", stammelte ich verdutzt und erwiderte ihren Händedruck. „Also dann bis bald, Erwin", sie zwang sich zu einem Lächeln und ging mit langsamen Schritten davon.

Mein Besuch bei Tim im Krankenhaus war nur kurz gewesen, aber er hatte mich schockiert. Seit wann wusste er, dass wir einen gemeinsamen Vater hatten und warum hatte er es mir verschwiegen?

Gerne hätte mit ihm darüber gesprochen, aber die Ärzte hatten mir einen erneuten Besuch strengstens untersagt. Meine Anwesenheit hätte den Patienten sehr aufgeregt und ihm damit geschadet. „Ich bin doch nur seinem ausdrücklichen Wunsch nachgekommen", wandte ich ein, „wir waren viele Jahre sehr eng befreundet." Aber auch damit hatte ich keinen Erfolg und wurde energisch der Station verwiesen.

Abends rief ich Pia an, um zu hören, ob sie etwas über Tims derzeitigen Zustand in Erfahrung gebracht hätte, doch auch ihr hatte man den Kontakt zu Tim verboten. „Pia, wusstest du, dass der Vater von Tim auch mein Vater war?" Ich hörte einen tiefen Seufzer und nach einem Moment der Stille antwortete Pia mit brüchiger Stimme: „Ja, Erwin, ich wusste es seit geraumer Zeit." Sie räusperte sich: „Tim hatte zu trinken begonnen und deswegen gab es immer häufiger Streit." Pia unterdrückte ein Schluchzen: „Ich habe Tim gefragt, warum er immer wieder getrunken hat. Wir hatten es doch schön miteinander, ich konnte es einfach nicht verstehen." Nun konnte Pia ihre Gefühle nicht mehr zurückhalten und ich hörte sie weinen: „Er wurde sehr aggressiv und hat geschrien wie ungerecht das Leben doch sei. Sein Halbbruder sei von klein auf gefördert worden, während er selbst sich alles hart erarbeiten müsste." Sie schnäuzte sich die Nase bevor sie fortfuhr: „Tim, du hast einen Bruder, dass wusste ich ja gar nicht, warum hast du ihn nie erwähnt?" Pia holte tief Luft, bevor sie fortfuhr: „Darauf bekam Tim einen Wutanfall. Hast du mir nicht zugehört, schnauzte er mich an, es handelt sich um meinen Halbbruder. Wir haben denselben Vater, aber nicht die gleiche Mutter." Pia machte eine Pause, um sich erneut die Nase zu putzen. „Mit zornigem Blick sah er mich an als er sagte, du kennst ihn übrigens auch, es ist Erwin Zuckerbein!" Pia räusperte sich mehrfach, bevor sie ihren Bericht wieder aufnahm: „Als ich den Sinn seiner Worte erfasst hatte fragte ich Tim, ob du davon wüsstest. Er verneinte und wir gerieten darüber in einen heftigen Streit, weil ich der Meinung war, dass er es dir hätte sagen müssen." Einen Moment schwiegen wir beide, und ich fragte mich, ob ich richtig gehört hatte. „Das war schließlich der Anfang vom Ende unserer Beziehung." Pia weinte nun hemmungslos und Peter übernahm das Telefon, um mir zu sagen, dass wir das Gespräch hier beenden müssten.

Ich war wie gelähmt, warum hatte Tim mir vorgegaukelt mein Freund zu sein, was hatte er damit bezweckt? Pias Schilderung über seinen Alkoholkonsum und die damit verbundenen Aggressionen erinnerten mich sehr stark an meinen Vater. Sollte ich das Angebot von Tims Mutter annehmen und sie um ein Gespräch bitten? Ich musste mir eingestehen, dass ich Angst davor hatte, ich fürchtete mich davor weitere schmerzhafte Details aus dem Leben meiner Familie zu erfahren. Aber wenn ich diesen Schritt nicht wagte, würden mich die Fragen und Zweifel nicht mein ganzes weiteres Leben begleiten und mich weiterhin lähmen?

Nach dem kurzen Gespräch mit Tims Mutter im Park des Krankenhauses drehten sich meine Gedanken im Kreis. Ich konnte mir keinen Reim darauf machen, was Tim zu seinem Selbstmordversuch veranlasst haben könnte. Waren sein Selbstbewusstsein, seine angebliche Stärke und seine Überlegenheit nur schöner Schein gewesen?

Nachts schlief ich sehr unruhig und während der Arbeit war ich nervös und unkonzentriert.

Mein Kontakt zu Britta war nicht mehr so intensiv, sie war frisch verliebt und genoss diesen Zustand. Regina musterte mich unverhohlen wie eh und je und machte mir eindeutige Angebote: „Hallo Schätzchen, hast du heute Abend schon was vor?", grinste sie mich vielsagend an. Schließlich platzte mir der Kragen: „Regina, du bist eine attraktive Frau, aber mein Interesse an dir beschränkt sich auf unsere erfolgreiche Zusammenarbeit. Bitte respektiere das." Regina stand mit weit aufgerissenen Augen vor mir, ihr Mund war weit geöffnet, aber es hatte ihr scheinbar die Sprache verschlagen. Ich nickte ihr freundlich zu und machte mich auf den Weg zu meinem Schreibtisch. Die Kollegen, an denen ich vorbei gehen musste, grinsten mich verstohlen an und zeigten unauffällig mit den Daumen nach oben. Mein Herz schlug so heftig als wollte es meinen Brustkorb sprengen und meine Hände fühlten sich feucht an. Innerlich triumphierte ich und ich hätte gerne lauthals gelacht. Gleichzeitig war mir vor Erleichterung zum Heulen zumute. Endlich hatte ich es geschafft Regina meinen Standpunkt klar zu machen. Woher ich so plötzlich den Mut dazu genommen hatte war mir selbst schleierhaft, aber was spielte das am Ende für eine Rolle?

Voller Vorfreude sah ich dem nächsten Impro-Theaterabend entgegen, was würden Hannah und die anderen Teilnehmer sagen, wenn ich von meiner Klarstellung Regina gegenüber berichtete?

Um auf andere Gedanken zu kommen ging ich nach Feierabend noch kurz im Tierheim vorbei. Auf dem Weg zu den Zwingern fiel mir ein, dass mir Tims Mutter auch im Tierheim begegnet war. Damals hatte ich den Eindruck gehabt, dass sie mir bewusst aus dem Weg gegangen war. Wusste sie zu der Zeit schon, dass ich der Freund von Tim und der Sohn von Anton Schwarz war und konnte Tim der Verfasser der anonymen Briefe gewesen sein?

Wenn ich Pia glauben konnte hatte Tim schon seit längerer Zeit gewusst, dass wir den gleichen Vater hatten. Das würde das Schreiben erklären, in dem ich beschimpft wurde, schlimmer als mein Vater zu sein, nachdem ich meine ersten sexuellen Erfahrungen mit Susi gemacht hatte. Auch die Worte „Ich hasse dich" ließen mich jetzt an Tim als Urheber denken. Warum hatte er das Thema Vater nicht direkt angesprochen und uns beiden damit Klarheit verschafft?

Welche Rolle spielte Schwester Heike in dieser ganzen Angelegenheit?

Mehr und mehr wurde mir klar, dass ich diesen Fragen nachgehen musste. Würde ich noch Gelegenheit haben mich mit Tim auszusprechen? Die Ärzte könnten sich doch auch irren was seine Heilungschancen betraf. Ich beschloss mir das Päckchen, das mein Vater für mich gepackt hatte, noch einmal ganz genau anzuschauen um sicher zu sein, dass ich nichts übersehen hatte.

Plötzlich hatte ich es eilig in meine Wohnung zu kommen. Verärgert stellte ich fest, dass ich einen Bus um zwei Minuten verpasst hatte und ich eine halbe Stunde auf den nächsten warten musste. Gelangweilt betrachtete ich die vorbeifahrenden Autos und Fahrradfahrer. Die Worte: „Guten Tag, Herr Zuckerbein" rissen mich aus meinen Gedanken. Es war eine junge weibliche Stimme, die mir bekannt vorkam, aber ich konnte sie nicht zuordnen. Erst nachdem ich die linke Hand über die Augen gelegt hatte, um sie vor der direkten Sonneneinstrahlung zu schützen sah ich wer da vor mir stand. „Oh hallo, das ist ja eine nette Überraschung", platzte es aus mir heraus. „Was machst du denn hier, bist du auf dem Weg zur Arbeit?" Verlegen senkte sie den Kopf: „Nein ich komme gerade aus der Schule. Bei Herrn Schwarz im Zeitschriftenladen arbeite ich nur an zwei Tagen in der Woche." Schüchtern blickte sie mich an: „Und sie, Herr Zuckerbein, arbeiten sie hier in der Nähe?" Ich erhob mich und streckte ihr meine Hand entgegen: „Ich heiße Erwin, ist es in Ordnung, wenn wir uns duzen?" Mit vor Aufregung geröteten Wangen strahle sie mich an: „Ja, sehr gerne, ich heiße Carolin." „Das ist ja ein schöner Name. Komm setzen wir uns doch, es dauert noch, bis der nächste Bus kommt." Wir setzten uns nebeneinander und weil mir nichts Besseres einfiel erkundigte ich mich: „Habt ihr immer erst so spät Schulschluss?" „Nein ich habe heute noch Nachhilfeunterricht gegeben. Nach dem Abitur will ich studieren und ich möchte finanziell nicht nur von meinen Eltern abhängig sein."

Spontan erinnerte ich mich daran, dass meine Großeltern mütterlicherseits meinen Aufenthalt im Internat und mein Studium finanziert hatten. Nachdenklich erwiderte ich: „Das ist eine sehr gute Einstellung, Carolin. Für meine Ausbildung haben meine Oma und mein Opa gesorgt." Meine Stimme hatte traurig geklungen und Carolin sah mich fragend an. „Leider ist meine Mutter sehr früh gestorben und mein Vater hatte keinerlei Interesse an mir", fuhr ich leise fort. „Das tut mir sehr leid", hörte ich Carolin flüstern, „hast du dich deshalb kürzlich bei Herrn Schwarz erkundigt, ob ihm der Name Anton Schwarz etwas sagt?" Erstaunt sah ich sie an: „Ach ja, du warst ja zu der Zeit auch gerade im Laden." Sofort fiel mir die Situation wieder ein, als Paul Schwarz sich über meinen Familiennamen lustig gemacht hatte. Ich fühlte wie mir die Röte ins Gesicht stieg und mein Herz zu rasen begann. Gerade wollte ich mich erkundigen, wie Herr Schwarz sich als Chef verhielt als Carolin erfreut rief: „Erwin, unser Bus kommt." Wir setzten uns nebeneinander und Carolin fragte interessiert was ich in dieser Gegend zu tun gehabt hätte. Begeistert erzählte ich ihr von meiner ehrenamtlichen Tätigkeit im Tierheim. „Eigentlich hätte ich selbst gerne einen Hund, aber aus verschiedenen Gründen ist das im Moment nicht möglich. Durch mein Ehrenamt bin ich aber in der glücklichen Lage den Hunden und gleichzeitig mir selbst etwas Gutes zu tun." Carolin nickte erfreut und sagte: „Die Idee mit dem Tierheim gefällt mir, darüber sollte ich auch einmal nachdenken."

Plötzlich spürte ich einen leichten Stoß in der Seite. „Erwin, lass mich bitte durch, ich muss aussteigen. Komm doch einfach mal wieder im Laden vorbei." Mit diesen Worten drängte sie sich durch die stehenden Fahrgäste mit ihren prall gefüllten Einkaufstaschen. Als der Bus an Carolin vorbei fuhr winkte sie mir fröhlich lachend zu. Verwirrt hing ich meinen Gedanken nach, hatte ich mich getäuscht oder hatte Carolin tatsächlich Interesse an mir? Sie war mir schon bei meinem ersten Besuch im Zeitschriftenladen aufgefallen, aber ich hätte im Traum nicht daran gedacht, dass sich daraus eine nähere Bekanntschaft ergeben könnte.

Als ich meine Station erreicht hatte stieg ich aus und ging mit beschwingten Schritten und einem breiten Grinsen im Gesicht nach Hause.

Gerade hatte ich die Haustür geöffnet, als im oberen Stockwerk eine Wohnungstür laut zugeschlagen wurde. Gleich darauf ertönte Hildes wütende Stimme und Eduard antwortete mit lautem Gebrüll. So schnell wie möglich schlich ich auf Zehenspitzen in meine eigene Wohnung. Eilig schloss ich die Tür und stieß einen Seufzer der Erleichterung aus. Ein Blick in den Spiegel zeigte einen ungewohnten Glanz in meinen Augen. Die unerwartete Begegnung mit Carolin und ihr Interesse an mir ließen mein Gesicht strahlen. Ohne mir Gedanken darüber zu machen setzte ich den Wasserkessel auf. Ein lauter Pfiff riss mich aus meiner Träumerei und ließ mich zusammenzucken. Ich bereitete mir einen Becher Tee zu und machte ich es mir auf dem Sofa gemütlich. Wieder musste ich an Carolin denken und daran, dass sie sich für meine ehrenamtliche Tätigkeit im Tierheim zu interessieren schien. Vielleicht wäre das eine Möglichkeit mich häufiger mit ihr zu treffen. Mein Herz hüpfte vor Freude, als ich daran dachte, dass sie mich ermuntert hatte doch wieder einmal in den Laden zu kommen. Sie wollte mich also auch wiedersehen. Bevor ich fragen konnte an welchen Tagen sie in dem Kiosk arbeitete, hatte sie ihre Station erreicht und war aus dem Bus ausgestiegen. Krampfhaft überlegte ich an welchen Wochentagen ich ihr im Geschäft begegnet war. Der Gedanke daran, wie der Inhaber reagieren würde, wenn ich nach Carolin fragte beunruhigte mich. Würde er wieder versuchen mich in Verlegenheit zu bringen oder sich sogar erneut über mich lustig machen?

Welchen Grund könnte ich dafür angeben, dass ich mich längere Zeit in dem Zeitschriftenladen aufhalten würde in der

Hoffnung, dass Carolin plötzlich aus dem Hinterzimmer trat? Sollte ich vorgeben für einen Freund eine besondere Fachzeitschrift kaufen zu wollen, und was könnte das sein? Publikationen über Sport, Kunst oder Familienthemen schloss ich aus, aber sicher gab es Fachblätter für Tierfreunde.

Dann hatte ich die Idee, dass ich nach einem Magazin für Hundeliebhaber fragen könnte. Hundebesitzer gab es jede Menge, mit Spinnen oder Schlangen wäre es sicher schwieriger. Als mögliche Begründung könnte ich auch angeben, dass ich überlegte mir selbst einen Hund anzuschaffen. Ich beschloss mich mit diesen Überlegungen zunächst zufrieden zu geben.

Schreie im Treppenhaus holten mich in die Realität zurück. Die Haustür fiel mit einem lauten Knall ins Schloss und eine Wohnungstür wurde zugeschlagen. Dann herrschte wieder Ruhe. Wahrscheinlich flogen bei Hilde und Eduard mal wieder die Fetzen. Nervös stand ich auf und ging ans Fenster. Auf der Straße war niemand mehr zu sehen. Ich musste an Pia denken, sie hatte erzählt, dass es zwischen ihr und Tim auch häufiger Streit gegeben hatte. Spontan setzte die Erinnerung an die Auseinandersetzungen zwischen meinen Eltern ein. An Details konnte ich mich nicht erinnern, dazu war ich zu jung gewesen. Das meine Großeltern auch nicht immer einer Meinung gewesen waren, war mir nicht verborgen geblieben, wenn ich in ihrem Haus zu Besuch war. Aber lautstarke Wortwechsel oder sogar körperliche Übergriffe hatte ich bei ihnen nicht erlebt.

Angeregt durch diese Gedanken nahm ich das Päckchen meines Vaters und sah mir den Inhalt noch einmal genau an. Das Gedicht von Josef von Eichendorff gab mir noch immer Rätsel auf. Dann faltete ich den Zettel mit den Sprüchen eines gewissen Nestroy auseinander. Mir lief es kalt den Rücken hinunter, wie konnte sich jemand in so menschenverachtender Weise äußern? Empört startete ich meinen Rechner und recherchierte wer dieser Nestroy gewesen war. Ich fand heraus, dass der vollständige Name Johann Nepomuk Nestroy lautete. Er war österreichischer Dramatiker, Schauspieler und Bühnenautor gewesen und hatte von 1801 bis 1862 gelebt. Erneut widmete ich mich seinen Sprüchen:

„Sitzenlassen ist immer billiger als Heiraten".

Bei diesem Satz fiel mir der Brief meiner Mutter wieder ein. Sie hatte mir geschrieben, dass mein Vater sie geschwängert hatte aber erst bereit gewesen war sie zu heiraten, nachdem mein Großvater ihm eine beträchtliche Summe Geld dafür geboten hatte.

Übelkeit stieg in mir auf und ich brauchte eine Weile, bevor ich mich der nächsten Äußerung zuwenden konnte.

„An Scheidungsgründen fehlt es nie, wenn nur der Wille da ist."

Eduard und Hilde kamen mir in den Sinn. Wenn ich Eduard richtig verstanden hatte kam eine Scheidung für ihn nur aus finanziellen Gründen nicht in Frage. Er fürchtete sich vor Altersarmut. Musste er sich wirklich zwischen zwei Übeln entscheiden?

Wieder brauchte ich eine kleine Pause, bevor ich mich einem weiteren Ausspruch widmen konnte.

„Wir sollen unser Herz nicht an so vergängliche Kreaturen hängen, sagte der Witwer beim Tode seiner Frau."

Traf dieser Satz auch auf meinen Vater zu? Das Schreiben meiner Mutter hatte bei mir den Eindruck erweckt, dass mein Vater an ihrem Tod nicht schuldlos war.

Gerade noch rechtzeitig erreichte ich das Badezimmer und erbrach mich in die Toilette.

Später legte ich angewidert das gefaltete Blatt in die Schachtel zurück und stellte sie wieder auf ihren Platz. Was hatte mein Vater sich nur dabei gedacht, diese Zeilen für mich aufzubewahren? War es möglich, dass Schwester Heike eine Erklärung dafür hatte? Ich hatte zugesagt mich bei ihr zu melden, aber bisher hatte ich es vor mir hergeschoben.

Sie hatte bei mir den Eindruck hinterlassen, dass sie schon länger wusste wer ich war und hatte sich trotzdem nicht zu erkennen gegeben. Selbst als ich sie direkt auf meinen Vater angesprochen hatte, war sie mir ausgewichen.

Ich spürte wie sich meine Schultern verkrampften und ich die Stirn in Falten legte. Ein neuer Gedanke tauchte plötzlich auf: Hatte Tim sie mit seinem Selbstmordversuch zwingen wollen dem Versteckspiel endlich ein Ende zu bereiten? Und was hatte es mit seiner Behauptung auf sich, dass er unseren Vater umgebracht hätte? Stimmte das wirklich und wenn ja, warum hatte er es getan und auf welche Weise?

Plötzlich überkam mich eine große Unruhe und ich beschloss spontan einen Spaziergang zu machen, um mich abzulenken.

Ganz in Gedanken versunken fand ich mich im Park wieder, wo ich Eduard zusammengesunken auf einer Bank sitzen sah. Er sah aus wie ein Häufchen Elend, die Haare klebten in Strähnen an seinem Kopf und die Augen waren blutunterlaufen.

Graue Bartstoppeln und hängende Mundwinkel unterstrichen seine jämmerliche Erscheinung. Eduard hatte mich sofort bemerkt und starrte mich wütend an: „Was willst du hier, hat Hilde dich geschickt, um hinter mir her zu spionieren?" Eine starke Alkoholfahne schlug mir entgegen und nur mit Mühe gelang es mir ein Würgen zu unterdrücken. Entgeistert sah ich ihn an: „Wie kommst du denn darauf?" „Inzwischen traue ich ihr alles zu", Eduard zog einen Flachmann aus seiner Jackentasche und leerte ihn in einem Zug. Mit seiner schwieligen

Pranke wischte er sich den Mund ab und rülpste genussvoll. Dann sah er mich aus seinen glasigen Augen an: „Erinnerst du dich an die Krankenschwester, die es scheinbar auf dich abgesehen hatte? Sie hat dich doch schon vor Monaten in dem Café beobachtet als wir beide uns zufällig getroffen und zusammen noch einen Tee getrunken haben." Erstaunt sah ich ihm ins Gesicht: „Ja, natürlich erinnere ich mich an Schwester Heike, was ist mit ihr?" „Hilde hat sie im Krankenhaus gesehen und die beiden sind wegen einer Lappalie aneinandergeraten." Eduard rieb sich das Kinn: „Neulich hat Hilde gesehen wie die Frau vor unserem Haus gestanden und alle Namensschilder genau studiert hat."

Er machte eine Pause und schüttelte ungläubig den Kopf: „Nun bildet Hilde sich ein, dass ich mit der Frau ein Verhältnis habe. Deswegen macht sie mir jetzt ständig die Hölle heiß."

Ich musste nach Luft schnappen, ich wusste einfach nicht, was ich dazu sagen sollte.

„Dabei treibt Hilde es seit Jahren mit dem Hausmeister und hat mir sogar seine Tochter untergeschoben!" Empört ballte Eduard seine Fäuste und brach in Tränen aus.

Das war also der Grund für die lauten Streitereien gewesen. Aber was hatte Schwester Heike gewollt, hatte sie mich aufsuchen wollen? Mit einem starken Gefühl des Mitleids legte ich meinen Arm um Eduards Schulter und er schluchzte laut auf, bevor er hervorstieß: „Als ich jung war hat ein alter Mann mal zu mir gesagt „Junge, sei vorsichtig. Mit dem Heiraten kannst du dich bescheißen, dass du dein ganzes Leben daran zu wischen hast."

Nach einer kurzen Pause fuhr er fort: „Damals habe ich den Sinn seiner Worte nicht verstanden, heute weiß ich sehr genau was er damit gemeint hat." Eduard erhob sich schwerfällig und sah mich aus traurigen Augen an: „Sei vorsichtig, mein Junge und pass gut auf dich auf."

Dann tippelte er mit unsicheren Schritten davon und ließ mich mit meinen verwirrten Gedanken allein.

Eine ganze Weile, nachdem Eduard gegangen war erhob auch ich mich von der Bank und schlenderte noch ein paar Minuten durch den Park. Den bunten Blumen und den in unterschiedliche Formen geschnittenen Hecken und Büschen schenkte ich diesmal keine Beachtung. In Gedanken beschäftigte mich Eduards Aussage, dass Schwester Heike mehrfach vor unserem Haus gesehen worden war. Was hatte das zu bedeuten, hatte sie mit mir sprechen wollen? Ob diese plötzliche Eile etwas mit Tim Gesundheitszustand zu tun hatte? Ich beschloss Schwester Heike anzurufen und mich nach Tim zu erkundigen.

Mit langsamen Schritten bummelte ich heimwärts. Nachdem ich gerade die Haustür geschlossen hatte, hörte ich ein leises Geräusch und sah mich um. Auf ihrer Etage stand Hilde über das Treppengeländer gebeugt und schaute mich vorwurfsvoll an: „Erwin, es ist gut, dass ich dich sehe." Ihr Ton war aggressiv als sie fortfuhr: „Neuerdings treibt sich diese merkwürdige Krankenschwester häufig hier vor dem Haus herum. Sie behauptet, dass ihr euch kennt. Stimmt das?" Noch ehe ich antworten konnte schrie Hilde mir entgegen: „Bist du der Person etwa auch auf den Leim gegangen? Du spinnst ja wohl, was willst du denn mit so einer alten Frau?" Ihr Gesicht war rot vor Zorn als sie fortfuhr: „Schämst du dich nicht? Dieses Weib könnte deine Mutter sein, such' dir doch eine jüngere. Alt und runzlig wirst du von alleine. Sieh dir doch bloß Eduard an." Angewidert starrte sie mir ins Gesicht, ihre Lippen bebten, aber es kam kein Ton mehr aus ihrem Mund. Wild gestikulierend trat sie vom Geländer zurück und knallte ihre Wohnungstür zu.

Verdutzt rieb ich mir die Augen, was war das denn für ein Auftritt gewesen? Was ging es Hilde an mit wem ich mich traf oder wen ich kannte? Kopfschüttelnd ging ich in meine Wohnung. Während ich darauf wartete, dass mein Teewasser heiß wurde, suchte ich nach Heikes Telefonnummer. „Verflixt, wo habe ich diesen blöden Zettel bloß wieder gelassen?", schoss es mir durch den Kopf. Dann fiel mir der Papierschnipsel in die Hände, auf den Louisa ihre Nummer geschrieben hatte. Wir hatten besprochen, dass wir zusammen Kaffee trinken wollten, aber wann war das gewesen? „Ich bin doch ein Idiot, warum habe ich mir das Datum nicht notiert?" Ich schlug mir mit der Hand an die Stirn und befestigte Louisas Notiz mit einer knallroten Wäscheklammer am Kalender. Dann wühlte ich weiter in meinen Papierstapeln herum. Endlich fand ich auch den Zettel von Schwester Heike und musste entsetzt feststellen, dass ihre Telefonnummer nicht vollständig zu sein schien. In der Regel waren die Rufnummern in unserer Stadt sechs- bis siebenstellig, diese Nummer hatte nur fünf Ziffern. Genervt stöhnte ich auf und raufte mir die Haare. Hatte die große Sorge um Tim seine Mutter so aus dem Konzept gebracht? Nervös lief ich in meiner Wohnung auf und ab und grübelte was ich tun könnte. Im Krankenhaus anzurufen und mich nach Tim zu erkundigen machte keinen Sinn, ich würde keine Auskunft bekommen. „Pia", schoss es mir durch den Kopf. „Pia weiß vielleicht mehr über Tims aktuellen Gesundheitszustand oder sie könnte die Telefonnummer seiner Mutter haben", überlegte ich mir. Hastig wählte ich Pias Nummer. „Besetzt, so ein Mist" entfuhr es mir. „Dann muss ich es eben später noch einmal versuchen." Wieder und wieder versuchte ich Pia zu erreichen, aber es ertönte immer nur das Besetztzeichen. „Pia, mit wem quatscht du denn bloß so lange", machte ich meinem Ärger Luft. Doch auch das änderte nichts, ich konnte Pia nicht erreichen. Spät am Abend gab ich auf und beschloss nach einer anderen Lösung zu suchen.

Wie so oft schlief ich auch in dieser Nacht schlecht und erwachte mit heftigen Kopfschmerzen. Nur widerwillig stand ich auf, duschte ausgiebig und bereitete mir missmutig mein Frühstück zu. Schon als Kind hätte ich gerne auf diese Mahlzeit verzichtet, aber im Geiste hörte ich die mahnende Stimme meiner Mutter: „Junge, du musst etwas essen. Ein gutes Frühstück ist wichtig für einen erfolgreichen Start in den Tag." Der Erinnerung an meine Mutter folgte sofort der Gedanke an Schwester Heike. Warum hatte sie versucht mich zu erreichen? Gab es Neuigkeiten die Tim betrafen oder wollte sie mit mir über meinen Vater sprechen? Wieder überlegte ich wie ich sie erreichen könnte. Den Gedanken im Krankenhaus anzurufen und nach ihr zu fragen verwarf ich gleich wieder.

Erst im Büro, als mein Blick auf den Tisch mit den Tageszeitungen fiel, hatte ich eine Idee: „Mensch, Erwin, das ist es", schoss es mir durch den Kopf. „Du hast doch gesehen, dass Heike sich angeregt mit Paul Schwarz vom Zeitschriftenladen unterhalten hat." Aber gleich kamen mir Zweifel: „Von Herrn Schwarz hast du mit Sicherheit keinerlei Entgegenkommen zu erwarten", ermahnte ich mich.

Trotz meiner Zweifel machte ich mich nach der Arbeit auf den Weg zum Zeitungskiosk im Bahnhof. Anfangs ging ich sehr zielstrebig, aber je näher ich meinem Ziel kam um so zögerlicher wurden meine Schritte. „Hast du dir das auch wirklich gut überlegt, was erwartest du von der Begegnung mit Herrn Schwarz?", kam es mir in den Sinn. In Sichtweite des Geschäfts blieb ich stehen und beobachtete das lebhafte Treiben. Die meisten Kunden kamen mit einem Lächeln im Gesicht aus dem Laden heraus und ein Blick auf den Inhaber verriet mir, dass auch er guter Laune zu sein schien. Nachdem ich noch einmal ganz tief durchgeatmet hatte betrat ich das Geschäft. Erstaunt zog Paul Schwarz die Augenbrauen hoch und öffnete den Mund, um etwas zu sagen. In dem Moment kam Carolin aus dem Hinterzimmer: „Herr Schwarz, Telefon für Sie". Sie errötete als sie mich sah und ihre Augen glänzten:

„Die Anruferin sagt es sei sehr dringend." Misstrauisch sah Herr Schwarz von einem zu anderen: „Carolin, bitte kümmere du dich in der Zwischenzeit um die Kunden, ich bin gleich wieder da." Im Türrahmen blieb er kurz stehen und warf mir einen argwöhnischen Blick zu, bevor er eilig im Nebenraum verschwand. „Hallo Carolin", flüsterte ich, „das ist ja eine nette Überraschung dich heute hier zu treffen. Ich hatte vergessen zu fragen an welchen Tagen du hier arbeitest oder wann wir uns treffen können". Mit vor Freude strahlendem Gesicht und mit zitternden Fingern schrieb Carolin mir ihre Handynummer auf einen kleinen Notizzettel und reichte ihn mir über den Verkaufstresen. Als ich die Notiz noch in der Hand hielt machte sie mir ein Zeichen, dass ihr Chef jeden Moment wieder in den Laden kommen könnte. Gerade noch rechtzeitig schaffte ich es diesen Schatz in meiner Jackentasche verschwinden zu lassen. Mit rotem Kopf und nervösem Blick kam Paul Schwarz wieder in den Verkaufsraum gestürmt. „Du bist ja immer noch da", nörgelte er als er mich sah. „Carolin, was ist los, hatte Herr Zuckerbein wieder ganz spezielle Wünsche?" Sofort stieg Carolin die Röte ins Gesicht. Bevor sie antworten konnte bemühte ich mich sie aus dieser unangenehmen Situation zu befreien: "Herr Schwarz, heute geht es nicht um besondere Zeitschriften." Verärgert schaute er mir ins Gesicht, aber ich ließ mich von seiner Abwehrhaltung diesmal nicht beeindrucken. „Ich würde mich sehr gerne mal mit ihnen unterhalten und ich bin hier um sie um einen Termin zu bitten." Erstaunt riss der Inhaber die Augen auf: „Ich wüsste nicht, was wir beide miteinander zu besprechen haben. Du stiehlst mir die Zeit, junger Mann, bitte geh jetzt." Trotzig sah ich ihm ins Gesicht: „Es geht um meinen Vater, Dr. Anton Schwarz" und nach einer kurzen Pause fuhr ich mit leiser Stimme fort: „Und es geht um meinen Halbbruder Tim und um seine Mutter, Schwester Heike." Verwirrt sah Paul Schwarz mich an und ich bemerkte, wie er sich plötzlich am Ladentisch festhalten musste. Ich stand wie angewurzelt und beobachtete seine Reaktion, während ich auf eine Antwort wartete. Nach einer Weile räusperte er sich und sagte mit heiserer Stimme: „Ruf mich nächste Woche mal an, dann vereinbaren wir einen Termin." Er reichte mir eine Visitenkarte und forderte mich mit einer eindeutigen Handbewegung auf nun endlich zu gehen.

Verwirrt von dem Angebot von Paul Schwarz, sich mit mir zu treffen, warf ich Carolin einen scheuen Blick zu. Sie lächelte mir aufmunternd zu und ich spürte Hitze in mir aufsteigen. Einen flüchtigen Gruß murmelnd verließ ich eilig das Geschäft. Noch im Gehen hörte ich Paul Schwarz einen tiefen Seufzer ausstoßen. In der Bahnhofshalle umfing mich sofort eine große Menschenmenge und ich ließ mich eine Weile mit dem Strom treiben. Vor dem Blumenladen scherte ich aus der Masse aus und sah mir das Angebot an. Der Duft der Blüten hatte meine Aufmerksamkeit erregt und ich bewunderte die Vielfalt an Farben und Formen. Meine Gedanken kehrten zu Carolin zurück, welche Blumen, würden ihr Freude machen? „Mensch, Erwin, was machst du denn hier?" hörte ich eine vertraute Stimme neben mir. Verwundert drehte ich mich um und sah Louisa vor mir stehen. „Louisa, das ist ja eine Überraschung", stotterte ich. Dann fiel mein Blick auf ihr Gepäck: „Willst du verreisen?"

„Von wollen kann keine Rede sein", verlegen blickte sie zu Boden, „ich muss, Erwin." Ihre Stimme hatte traurig geklungen und leise fragte ich: „Louisa, was ist passiert?" Mit gesenktem Kopf flüsterte sie: „Ich hatte dir doch von meinem Studium erzählt, oder?" Als ich zustimmend nickte fuhr sie kaum hörbar fort: „Eigentlich hatte ich geplant mein Masterstudium auch hier zu machen, aber das ist nun leider nicht mehr möglich." Nervös suchte sie in ihrer Jackentasche nach einem Taschentuch und wischte sich die Tränen ab. „Mein Vater ist sehr streng, er ist mit meinem Bachelor-Abschluss nicht zufrieden.

Er wirft mir vor, dass ich mich nicht genügend um meine Arbeiten gekümmert habe und stattdessen lieber im Tierheim gewesen bin." Ein leises Schluchzen folgte und sie hielt sich schnell die Hand vor den Mund. Mit Entsetzen sah ich, dass Louisa sich in den Handballen biss, um weitere Tränen zu unterdrücken. „Meine Eltern unterstützen mich nur wenn ich zukünftig in ihrer Stadt studiere. Sie wollen mich besser unter Kontrolle haben." Tröstend strich ich ihr über die Wange und wischte vorsichtig eine Träne ab: „Louisa, das tut mir so leid. Ich kann mir sehr gut vorstellen, wie schwer es dir fällt deine Freiheit aufgeben zu müssen." Spontan legte sie ihren Kopf an meine Schulter und ließ ihren Tränen freien Lauf.

Menschen mit prall gefüllten Einkaufstaschen eilten an uns vorüber und sahen uns neugierig an. „Louisa, du schaffst das, es ist doch nur für kurze Zeit", flüsterte ich ihr ins Ohr und strich ihr über das lange weiche Haar. Louisa richtete sich wieder auf und bemühte sich um ein Lächeln: „Danke, Erwin, du hast ja Recht. Die zwei Jahre werde ich noch durchhalten." Mit verweinten Augen und gerötetem mit Wimperntusche verschmiertem Gesicht sah sie mich prüfend an: „Du hast dich verändert, seit wir uns das letzte Mal gesehen haben, Erwin." Sie betrachtete mich von Kopf bis Fuß „Du wirkst erwachsener und selbstbewusster" und nach einer kurzen Pause fügte sie hinzu: „Bist du verliebt?" Ich wurde rot und konnte nur zustimmend nicken. „Das freut mich für dich, Erwin, ich wünsche dir ganz viel Glück." Mit traurigem Gesichtsausdruck fuhr sie fort: „Ich hatte mir immer gewünscht dich besser kennenzulernen. Aber als du unsere Verabredung zum Kaffee nicht eingehalten hast ist mir klar geworden, dass du meine Gefühle nicht erwidern konntest." Mit Tränen in den Augen sah sie mich an: „So ist es nun mal im Leben".

Dann fiel Louisas Blick auf die große Uhr am Ende der Halle und erschrocken rief sie aus: „Nun wird es aber höchste Zeit für mich. Kannst du mir eben noch mit meinem Gepäck helfen?"

Ich nahm den riesigen schweren Koffer, Louisa ihre Reisetasche und den Rucksack. Im Laufschritt erreichten wir gerade noch rechtzeitig den Bahnsteig. Der Bahnmitarbeiter wollte schon den Arm heben, um das Signal zur Abfahrt zu geben, als er uns kommen sah. Rasch öffnete er die nächste Wagentür und half uns mit dem Gepäck. Gleich darauf schlossen sich die Türen und der Zug setzte sich in Bewegung. Louisa winkte traurig zum Abschied und ich blieb nachdenklich auf dem Bahnsteig zurück.

Auf meinem Weg zur Bushaltestelle stieg mir der köstliche Duft von frisch gebackenem Brot und süßem Gebäck in die Nase. Ich betrat den Bäckerladen und bestellte mir eine Tasse Kaffee und ein Stück Kuchen. Beim Griff in meine Jackentasche fielen mir statt der erwarteten Münzen die Visitenkarte von Paul Schwarz und der Zettel mit der Telefonnummer von Carolin in die Hände. Die Verkäuferin sah mich schmunzelnd an als sie meinen verträumten Gesichtsausdruck bemerkte. Als sie mir schließlich das Wechselgeld über den Tresen reichte zwinkerte sie mir lächelnd zu: „Ich wünsche Ihnen noch einen schönen Tag." Ich suchte mir einen Platz an einem der Stehtische am Fenster und beobachtete das geschäftige Treiben, während ich meinen Obstkuchen verzehrte. Das unerwartete Wiedersehen mit Louisa kam mir in den Sinn. Auch ihr Verhältnis zu ihrem Vater schien nicht so ganz einfach zu sein. Entsprach das der Regel, oder waren unsere Erfahrungen mit unseren Vätern eher die Ausnahme? „Wie mag Tim unseren Vater erlebt haben, hat er schönere Erinnerungen an ihn als ich?" Die Dame neben mir sah mich verwundert an, scheinbar hatte ich meine Gedanken laut ausgesprochen. Ich murmelte eine Entschuldigung und verließ die Bäckerei.

Auf meinem Weg nach Hause nahm ich mir fest vor, Pia anzurufen und mich nach Tim zu erkundigen. Gleich nachdem ich mich umgezogen hatte griff ich zum Telefon und wählte Pias Nummer. Sie meldete sich nicht, ich würde es später noch einmal versuchen. Meine Idee Carolin anzurufen verwarf ich, ich wollte nicht aufdringlich erscheinen. Den Notizzettel mit ihrer Handynummer klammerte ich an meinen Kalender, ich würde mich am Wochenende bei ihr melden. Als ich im Bett lag ließ ich die Ereignisse dieses Tages noch einmal Revue passieren. Da war die unerwartete Begegnung mit Carolin im Zeitschriftenladen gewesen. Ohne sie überreden zu müssen hatte sie mir ihre Telefonnummer gegeben und die Erinnerung daran ließ mein Herz schneller schlagen.

Ich schloss die Augen und sah ihr lächelndes Gesicht vor mir, als sich plötzlich Paul Schwarz in den Vordergrund drängte. Missmutig ließ ich auch diesen Gedanken zu. Zu meinem großen Erstaunen hatte er einem Treffen zugestimmt. Wir hatten vereinbart in der kommenden Woche einen Termin zu bestimmen. Diese geplante Verabredung machte mich nervös und bewirkte, dass ich mich schlaflos hin und her wälzte.

Dann tauchte plötzlich Louisa vor meinem geistigen Auge auf und sprach kaum hörbar: „Erwin, ich hätte dich so gerne näher kennen gelernt." Mit tränenüberströmtem Gesicht fuhr sie leise fort: „Aber Gefühle kann man nicht erzwingen. Ich wünsche dir alles Gute." Währenddessen hatte ich ganz deutlich ihre stürmische Umarmung gespürt, mit der sie mich einige Male im Tierheim überrascht hatte. Erschrocken setzte ich mich im Bett auf und machte Licht. In meinem Zimmer war alles unverändert und natürlich war ich allein. Mit einem lauten Seufzer ging ich noch einmal ins Bad und entleerte meine Blase. Um ganz sicher zu sein, dass ich wirklich allein in der Wohnung war, sah ich mich auch in den anderen Räumen um. Erleichtert stellte ich fest, dass alles in Ordnung war und ich kehrte in mein Bett zurück. „Alles reine Nervensache", entfuhr es mir gähnend, ich schaltete die Lampe aus und schlief nach kurzer Zeit wieder ein.

Der nächste Tag im Büro zog sich endlos in die Länge. Gedanklich kehrte ich immer wieder zu den Ereignissen des vergangenen Tages zurück und konnte mich nur schlecht auf meine Arbeit konzentrieren. Als endlich Feierabend war beschloss ich spontan noch ins Tierheim zu fahren, um zu sehen, wie es meinen vierbeinigen Freunden ging. Auf meinem Weg zu den Zwingern begegnete ich der Dame aus der Verwaltung, die ich bei meinem ersten Besuch kennen gelernt hatte. „Hallo, Herr Zuckerbein, wie schön Sie zu sehen. Wie geht es Ihnen?" Freundlich lächelnd gab sie mir die Hand. „Wir freuen uns sehr, dass Sie uns so zuverlässig unterstützen." Ihr Gesichtsausdruck veränderte sich: „Leider kommen in letzter Zeit einige treue Tierfreunde nicht mehr. Die Gründe dafür sind ganz unterschiedlich und bei einigen dürfen wir hoffen, dass sie wieder zu uns finden, wenn ihr eigenes Leben wieder in geordneten Bahnen verläuft." Nach einer kurzen Pause sprach sie erneut: „Auch von einigen Tieren haben wir uns verabschieden müssen. Erinnern Sie sich an Oldie?" Ich nickte zustimmend und hörte die Frau sagen: „Einer unserer Pfleger fand sie letzte Woche leblos in ihrem Zwinger. Sie wirkte ganz entspannt, so als wäre sie im Schlaf von uns gegangen." Ich fühlte einen Stich im Herzen und drückte mein Bedauern aus. Beide waren wir uns einig, dass es für Oldie das Beste gewesen wäre, da sie alt und schon seit längerer Zeit krank gewesen war. Wir verabschiedeten uns und ich beschleunigte meine Schritte als ich das erwartungsvolle Gebell hörte. Die Hunde begrüßten mich stürmisch und im Laufschritt eilten wir auf die Spielwiese wo sie ausgelassen mit einem alten Ball tobten. Als ich die ersten Ermüdungserscheinungen bemerkte ließen sie sich willig zu ihrem Zwinger führen und tranken ihre Näpfe leer. Nachdem sie ihre Leckerlies verspeist hatten legten sie sich hin und schlossen die Augen. Nun war es auch für mich Zeit zu gehen, das Tierheim würde in wenigen Minuten schließen.

Entspannt trat ich meinen Heimweg an und erreichte das Haus ohne besondere Vorkommnisse.

Kurz nachdem ich die Wohnungstür geschlossen und mir die Schuhe ausgezogen hatte, klingelte es. Verwundert öffnete ich die Tür und sah Hildes vor Zorn gerötetes Gesicht vor mir. Die Hände hatte sie in die Hüften gestemmt und ohne einen Gruß polterte sie los: „Erwin, es ist wirklich unglaublich!" Ihre Augen funkelten mich böse an: „Diese alte Schlampe aus dem Krankenhaus war heute schon wieder da!" Hilde legte den Kopf schief, hob die rechte Hand und zeigte mit dem ausgestreckten Zeigefinger auf mich: „Heute hatte sie sich sogar verkleidet. Die hat sich wohl eingebildet ich würde sie in diesem Aufzug nicht erkennen." Triumphierend hob Hilde den Kopf, ich wollte etwas erwidern, aber sie war schneller: „Ganz in schwarz war die Alte heute da und hat sich hinter einer riesigen Sonnenbrille versteckt." Hilde zog eine Grimasse und rollte mit den Augen: „Das ist doch nicht normal! Der habe ich aber Beine gemacht, ich habe damit gedroht die Polizei zu rufen, wenn sie dich noch einmal belästigt." Erwartungsvoll sah Hilde mir ins Gesicht und ich hatte den Eindruck, dass sie ein Lob von mir erwartete. In meinem Kopf drehte sich alles. Heike war ganz in schwarz gekleidet gewesen, was hatte das zu bedeuten? Ich war ganz sicher, dass sie sich damit keinen Scherz erlauben würde. Hildes Verhalten dagegen machte mich unglaublich wütend: „Wer hat dir erlaubt dich in mein Leben einzumischen?", schrie ich sie an. Erschrocken wich sie einen Schritt zurück, aber ich trat dicht an sie heran: „Wenn du so weitermachst werde ich mich mit der Polizei in Verbindung setzen und mich erkundigen was ich gegen deine Unverschämtheiten unternehmen kann! Ich verbiete dir, dich in meine Angelegenheiten einzumischen."

Ängstlich starrte Hilde mir ins Gesicht, sie war ganz bleich geworden. Noch ehe sie etwas entgegnen konnte drehte ich mich um und knallte meine Wohnungstür hinter mir zu.

Der Gedanke an Schwester Heike ließ mich den ganzen Abend nicht los. Wie ein gehetztes Tier lief ich in der Wohnung auf und ab. Was hatte das zu bedeuten, dass sie ganz in schwarz gekleidet gewesen war? Aus dem Treppenhaus waren laute Stimmen zu hören und ich schaltete das Radio ein. Um den Streit meiner Nachbarn nicht mit anhören zu müssen, drehte ich die Musik lauter. Der nächste Titel, der gespielt wurde, war „Where do I begin" von Shirley Bassey. Nachdenklich lauschte ich dem Gesang und mir wurde plötzlich klar, dass diese Frage auch mich betraf. Wo sollte ich anfangen, wer könnte oder wollte mir Auskunft darüber geben, warum Tims Mutter Trauer getragen hatte?

„Zu dumm, dass ich nicht weiß, wie ich sie erreichen kann", platzte es verärgert aus mir heraus. Ich beschloss Pia zu fragen, aber es meldete sich nur der Anrufbeantworter. Dann versuchte ich es im Krankenhaus auf der Station, auf der ich Tim besucht hatte. Die Schwester reagierte sehr abweisend auf meine Frage nach Tim. „Herr Zuckerbein, es ist uns strengstens verboten Angaben zu unseren Patienten zu machen." „Aber ich bin doch sein Halbbruder", krächzte ich mit brüchiger Stimme. „Es tut mir leid, ich muss mich um unsere Kranken kümmern", bekam ich barsch zur Antwort und sie beendete das Gespräch.

Fieberhaft überlegte ich was ich noch tun könnte. Den Gedanken Herrn Schwarz anzurufen und ihn um Auskunft zu bitten verwarf ich gleich wieder. Das Risiko, ihn zu verärgern und damit das Gespräch über meinen Vater zu gefährden, erschien mir zu groß. So beschloss ich am nächsten Tag vor der Arbeit in seinem Laden vorbei zu gehen. An seiner Miene würde ich ablesen können wie er gelaunt wäre und ob es Sinn machen würde ihn zu fragen.

Zufrieden doch noch zu einem Entschluss gekommen zu sein ging ich ins Bett. Meinen Wecker stellte ich eine halbe Stunde früher als gewöhnlich und als er klingelte fühlte ich mich total gerädert. Ich wusste, dass ich geträumt hatte, konnte mich aber an keine Einzelheiten erinnern. Hastig bereitete ich mein Frühstück zu und verbrannte mir die Lippen an dem heißen Kaffee. Vor Schreck stolperte ich, dabei goss ich mir das Getränk über mein Hemd und musste mich noch einmal umziehen. „Schon wieder das letzte saubere", hörte ich mich stöhnen, „Erwin, es wird Zeit, dass du mal wieder in die Reinigung gehst."

Im Bahnhof näherte ich mich vorsichtig dem Zeitschriftenladen von Herrn Schwarz. Das Geschäft war voller Menschen und ich konnte nicht erkennen, ob der Chef selbst hinter dem Tresen stand. Erst als der Strom der Kunden etwas abebbte konnte ich sehen, dass eine ältere Frau an der Kasse stand. Diese Mitarbeiterin hatte ich hier noch nie gesehen, aber sie wirkte kompetent und freundlich. „Guten Morgen, mein Name ist Erwin Zuckerbein", sprach ich sie an, „ist Herr Schwarz zu sprechen?" Erstaunt sah sie mich an: „Es tut mir leid, aber Herr Schwarz ist nicht im Haus, kann ich Ihnen helfen?" „Ich fürchte nein", stotterte ich, „wann ist Herr Schwarz denn zu erreichen?" Die Miene der Frau verdüsterte sich: „Darüber kann ich Ihnen leider keine Auskunft geben." Mit besorgtem Blick auf die hinter mir wartende Menschenmenge fragte sie energisch: „Haben Sie sonst noch einen Wunsch, Herr Zuckerbein?" Dabei betonte sie meinen Namen in auffälliger Weise und ich hörte einige der wartenden Käufer belustigt hüsteln. Enttäuscht schüttelte ich den Kopf und verließ an den grinsenden Kunden vorbeieilend das Geschäft.

Im Büro hatte ich ungewöhnlich viel Arbeit und damit keine Zeit Gedanken an meine privaten Angelegenheiten zu verschwenden.

Als endlich Feierabend war fuhr ich so schnell wie möglich nach Hause. In Gedanken versunken öffnete ich meinen Briefkasten und erschrak als ich einen Brief mit schwarzem Rand darin entdeckte. Mit zitternden Fingern nahm ich ihn heraus. Es gab keinen Zweifel, er war an mich adressiert. Mein Herz schlug mir bis zum Hals als ich den Umschlag öffnete und die Mitteilung las. Schwester Heike und Paul Schwarz teilten mir mit, dass ihr geliebter Sohn und Neffe Tim verstorben sei. Was zu seinem Tod geführt hatte wurde nicht erwähnt. Der Brief endete mit dem Hinweis: „Die Beisetzung findet im engsten Familienkreis statt, von Beileidsbesuchen bitten wir abzusehen."

Über den Zeitpunkt der geplanten Beerdigung und wo sie stattfinden sollte, wurde nichts mitgeteilt.

Geschockt über diese Nachricht warf ich mich auf mein Sofa und weinte hemmungslos.

Ich musste eingeschlafen sein und wurde vom Klingeln des Telefons geweckt. „Hallo", meine Stimme klang müde. „Erwin, bist du das?", drang eine erschrockene Stimme an mein Ohr. „Ja, wer ist denn da", fragte ich schlaftrunken zurück.

„Ich bin's Pia", bekam ich zur Antwort, „du hast versucht mich zu erreichen?" Ich hielt mir die Hand vor den Mund und gähnte herzhaft bevor ich sagte: „Hallo Pia, das ist richtig, ich habe versucht dich anzurufen." Pia stöhnte leise: „Also weißt du es auch schon". Sie räusperte sich, bevor sie kaum hörbar weitersprach: „Heike hat mir mitgeteilt, dass Tim verstorben ist."

Ihre Worte kamen nur stockend und unter Schluchzen. "Hat sie dir gesagt, woran er gestorben ist?", fragte ich mit trauriger Stimme. Nachdem Pia sich die Nase geputzt hatte antwortete sie: „Nein, ich habe keine näheren Informationen. Heike konnte oder wollte mir nichts sagen." Pia seufzte laut: „Nicht einmal den Ort und den Zeitpunkt der Beisetzung hat sie mir verraten. Angeblich hat Tim es so verfügt."

Sie ließ ihren Tränen freien Lauf und dass sie das Wort „angeblich" benutzt hatte machte mich stutzig. Hatte sie Zweifel an der Aussage von Tims Mutter? Pia hatte doch einige Zeit mit Tim zusammengelebt und ich ging davon aus, dass die Frauen sich dadurch besser kennengelernt hatten.

„Ich bekam heute die schriftliche Nachricht mit dem Vermerk, dass die Bestattung im engsten Familienkreis stattfinden würde", flüsterte ich. „Ich verstehe nicht, warum ich nicht dazu gehöre, Tim war doch mein Halbbruder." Nun liefen auch bei mir wieder die Tränen. Pia und ich verabredeten, dass wir auf jeden Fall in Kontakt bleiben und uns gegenseitig über Neuigkeiten informieren wollten. Wir beendeten unser Telefonat und ich eilte ins Badezimmer, ich hatte plötzlich das Gefühl mich übergeben zu müssen.

Das Telefongespräch mit Pia wirkte noch nach. In der Nacht musste ich mehrfach das Badezimmer aufsuchen, weil mich starker Brechreiz überkam. Bleich im Gesicht und mit dunklen Rändern unter den Augen ging ich am nächsten Tag zur Arbeit. Besorgt nahm mich meine Kollegin Britta zur Seite: „Erwin, du siehst ja schrecklich aus, was ist mit dir?" „Ich habe einen Trauerfall in der Familie", flüsterte ich und versuchte meine Tränen zurückzuhalten. „Kann ich dir irgendwie helfen?", mitfühlend sah Britta mich an und legte tröstend ihre Hand auf meinen Arm. Als ich sie anschaute stellte ich fest, dass sie noch hübscher aussah als früher, ihre neue Liebe ließ sie strahlen. Langsam schüttelte ich den Kopf: „Das ist sehr nett von dir, Britta, aber im Moment kannst du nichts für mich tun." Mit den Worten „Bitte sei mir nicht böse", wandte ich mich ab und ging an meinen Schreibtisch. Kollegen, die auf ein Schwätzchen zu mir kamen, bat ich dies zu verschieben und verwies auf die viele Arbeit, die ich zu erledigen hatte.

Nach Feierabend machte ich einen Abstecher zum Bahnhof, in der Hoffnung Carolin im Zeitschriftenladen zu treffen. Zu meiner Enttäuschung war wieder die ältere Frau hinter dem Tresen, die schon vor einigen Tagen sehr abweisend reagiert hatte als ich mich nach Paul Schwarz erkundigen wollte. Um auf andere Gedanken zu kommen machte ich mich auf den Weg ins Tierheim. Schon bevor die Hunde mich sehen konnten, hörte ich sie laut bellen. Als ich den Zwinger öffnete sprangen sie nicht wie sonst übermütig an mir hoch, sondern sahen mich abwartend an. Mit den üblichen Streicheleinheiten begrüßte ich sie, aber meine Stimme klang heute anders als sonst.

Mit prüfenden Blicken musterten die Tiere mich und schmiegten sich vorsichtig an meine Beine. Mir war als spürten sie, dass etwas anders war und als wollten sie mich trösten. Nachdem ich gehustet hatte, ermunterte ich sie zum Spielen indem ich ihren Ball in Richtung der Spielwiese schoss und rief: „Na los, Jungs, worauf wartet ihr noch!" Zu meiner eigenen Überraschung hörte sich meine Stimme fast normal an und die Hunde rannten los auf die Wiese. Als die Vierbeiner sich ausgetobt hatten trotteten sie bereitwillig in ihren Zwinger zurück. Zum Abschied gab es wie immer für jeden ein Leckerli und ich kraulte sie noch ausgiebig, was sie sichtlich genossen.

Am Abend versuchte ich Carolin telefonisch zu erreichen, konnte aber nur eine Nachricht auf ihrer Mailbox hinterlassen. Als sie sich drei Tage später immer noch nicht gemeldet hatte versuchte ich es erneut und hatte Erfolg. „Hallo Carolin, hier ist Erwin, wie geht es dir?" Ich bemühte mich mir meine Enttäuschung darüber, dass sie nicht zurückgerufen hatte nicht anmerken zu lassen. „Oh Erwin, ja, es tut mir leid“, ihre Stimme zitterte. Nach einer längeren Pause fragte ich vorsichtig: „Was tut dir leid, Carolin?“ Am anderen Ende der Leitung ertönte ein leises Schluchzen: „ich kann mich nicht mit dir verabreden.“ Hatte ich mich verhört? „Wer verbietet dir mich zu treffen, Carolin?“, flüsterte ich, aber bevor ich eine Antwort bekam wurde die Verbindung unterbrochen. Ratlos starrte ich mein Telefon an, lag die Ursache für die Unterbrechung an einem Fehler in der Technik oder hatte Carolin absichtlich oder nur aus Versehen unser Gespräch beendet? Erneut wählte ich ihre Nummer, aber sofort ertönte die Ansage, die zum Hinterlassen einer Nachricht aufforderte. Dieses Angebot ignorierte ich, sicher würde sich noch eine Gelegenheit zu einer persönlichen Unterhaltung ergeben.

Wenige Tage später begegnete ich Carolin im Bahnhof als sie gerade aus dem Zeitschriftenladen trat. Als sie mich erblickte sah sie sich ängstlich um, aber der Kiosk war gerade menschenleer. Carolin gab mir ein Zeichen und ging sehr schnell in die Richtung, die vom Geschäft aus nicht einsehbar war. Mit raschen Schritten folgte ich ihr: „Carolin, was ist los, vor wem versteckst du dich denn bloß? Du wirkst ja völlig verängstigt“, mit diesen Worten wollte ich sie umarmen, aber sie wehrte ab. „Mein alter Herr hat mir verboten dich zu sehen“, flüsterte sie mit Tränen in den Augen. „Aber warum denn, dein Vater kennt mich doch gar nicht“, entfuhr es mir empört. „Komm lass uns woanders hingehen, hier kennen mich alle“, Carolin zog mich am Ärmel und wir eilten in ein Schnellrestaurant außerhalb des Bahnhofs. Wir kauften uns Getränke und setzten uns in die hinterste Ecke. „Nun erzähl mal was eigentlich los ist“, bat ich eindringlich. „Es ist alles so schwierig und ich weiß gar nicht, wo ich anfangen soll“, Carolin hielt sich die Hände vors Gesicht als müsste sie sich vor mir und der Welt verbergen.

Vorsichtig legte ich ihr meinen Arm um die Schultern und fragte leise: „Was ist mit deinem Vater, was hat er gegen mich?" und als sie nicht antwortete fügte ich hinzu: „Woher kennt er mich denn überhaupt?" „Mein Familienname ist Schwarz", stotterte Carolin und schnäuzte sich die Nase. „Das macht doch nichts, das ist doch ein ganz normaler Name", ich sah sie überrascht an:

„Wo ist das Problem?" Tränen liefen ihr über das Gesicht: „Es ist mir alles so unglaublich peinlich, Erwin." Ich gab ihr einen Kuss auf die Wange, aber sie zog sich zurück: „Bitte lass das Erwin, wir müssen reden." Carolin trocknete sich die Tränen ab und trank einen Schluck, bevor sie flüsterte: „Du kennst doch Paul Schwarz aus dem Presseladen im Bahnhof."

Zustimmend nickte ich und wartete gespannt darauf, dass sie fortfuhr. „Vermutlich ist er mein Papa", ihre Stimme klang rau. „Ich verstehe das nicht was meinst du mit vermutlich?", erwartungsvoll sah ich ihr ins Gesicht.

„Es kommt noch ein anderer Mann für die Vaterschaft in Frage", schluchzte Carolin und verbarg ihr Gesicht an meiner Schulter. Ich hielt den Atem an und hatte Mühe nicht ungeduldig auf der Sitzbank herum zu rutschen. „Paul hatte einen Bruder, der sich in meine Mutter verliebt hatte." Ich spürte wie Carolin in meinem Arm zitterte als sie weitersprach: „Eines Tages kam Paul früher als geplant von der Arbeit und überraschte die beiden als sie sich eng umschlungen küssten und Zärtlichkeiten austauschten." Wieder musste sie eine Pause einlegen und nachdem sie sich geräuspert hatte sprach sie kaum hörbar weiter: „Die beiden waren so innig miteinander beschäftigt, dass sie Pauls Anwesenheit gar nicht bemerkten." Ungläubig starrte ich Carolin an, bevor ich mich vergewisserte, ob uns auch niemand belauschen konnte. Zu meiner großen Erleichterung waren die Tische in unserer unmittelbaren Nähe nicht besetzt. Mit verzweifeltem Blick sah Carolin mich an: „zu der

Zeit war meine Mutter schon schwanger mit mir. Natürlich hat Paul sie zur Rede gestellt und wollte wissen von wem das Kind sei, ob von ihm oder von seinem Bruder." Nervös knetete sie ihre Hände und sah mich traurig an: „meine Mutter hat immer beteuert, dass sie keinen Geschlechtsverkehr mit ihrem Schwager gehabt hätte, aber Paul hat ihr nicht geglaubt." „Das ist nicht zu fassen", erschrocken über meine Reaktion schlug ich mir die Hand vor den Mund. „Weil Paul und meine Mutter verheiratet waren galt ich automatisch als eheliches, also als Pauls Kind. Aber ob es wirklich so ist weiß ich nicht." Ich wollte etwas fragen, aber Carolin war nicht zu bremsen: „Meine Eltern haben sich einige Jahre später scheiden lassen und ich bin bei meiner Mutter aufgewachsen. Paul hat trotz aller Zweifel all die Jahre Unterhalt für mich gezahlt und er unterstützt mich auch jetzt noch indem er mich in seinem Laden arbeiten lässt." Eine Weile hingen wir unseren Gedanken nach, bevor es aus mir herausplatzte. „Carolin, ich danke dir sehr herzlich für dein Vertrauen, aber ich verstehe nicht, was das alles mit mir zu tun hat." Verwirrt sah sie mir in die Augen: „Paul hat gemerkt, dass wir uns mögen und nun er hat Angst um mich." „Aber was ist so schlimm daran?", ereiferte ich mich. Traurig versuchte Carolin ein Lächeln: „Begreifst du es denn nicht, Erwin? Es war dein Vater, der sich meiner Mutter genähert hat, trotzdem er wusste, dass sie mit seinem Bruder verheiratet war." Endlich fiel auch bei mir der Groschen: „Also ist es nicht ausgeschlossen, dass wir Halbgeschwister sind!"

Entgeistert starrte ich vor mich hin. „Nur deshalb hat Paul mich vor dir gewarnt, er möchte mir die Enttäuschung ersparen, die er selbst erlitten hat. Wir saßen beide wie versteinert, hielten uns an den Händen und weinten hemmungslos. „Eigentlich sollte ich diese Geschichte nie erfahren, aber dann kamst du und Paul fürchtet sich davor, dass du die Triebhaftigkeit deines Vaters geerbt haben könntest."

Ich musste mehrmals kräftig schlucken, bevor ich stotternd fragen konnte: „Was sagt deine Mutter denn zu den Zweifeln, die die Vaterschaft betreffen?" Carolin spielte nervös mit den Fingern: „sie ist total wütend geworden und hat Paul Verleumdung vorgeworfen. Dann hat sie mich angeschrien, dass sie nie wieder darüber sprechen will und ist wütend aus dem Zimmer gestürmt."

Als wir uns etwas beruhig hatten verließen wir das Lokal und umarmten uns zum Abschied. Wir verabredeten auf jeden Fall in Verbindung zu bleiben und mir war klar, dass ich so schnell wie möglich mit Paul Schwarz über meinen Vater sprechen musste.

Die Vorstellung, dass Carolin meine Halbschwester sein könnte, hatte mich zutiefst schockiert. Ich konnte und wollte mit niemandem darüber reden. Fragen wie „Erwin, was ist los mit dir, so kennen wir dich ja gar nicht" wehrte ich mit abweisendem Kopfschütteln ab. Es fiel mir schwer mich auf meine Arbeit zu konzentrieren und außer wenigen Besuchen im Tierheim verkroch ich mich in meiner Wohnung. Zu meiner Verwunderung hatte ich auch meine Nachbarn seit längerer Zeit nicht gesehen oder gesprochen.

Eines Tages stellte ich fest, dass sich das Schloss von meinem Briefkasten nicht öffnen ließ. Als ich mit der Faust auf das Blech schlug ertönte ein unangenehmes Geräusch und erfüllte das ganze Treppenhaus. Sofort erschien der Hausmeister und sah mich wütend an: „Herr Zuckerbein, was machen Sie denn da?". "Mein Briefkasten lässt sich nicht öffnen", gab ich ärgerlich zur Antwort, „gestern war noch alles in Ordnung." Mit einem heftigen Stoß wurde ich zur Seite geschubst und das Schlüsselbund wurde mir aus der Hand genommen. In dem Augenblick kam mein Nachbar Eduard zur Haustür herein. Er bot einen jämmerlichen Anblick, seine Haare waren verfilzt, seine Haut grau und seine Augen blutunterlaufen. Eine kräftige Alkoholfahne umgab ihn und er schwankte beachtlich. „Die komische Frau war wieder da, Erwin", lallte er mit schwerer Zunge. Ich hatte Mühe ihn zu verstehen, seine Sprache war leise und undeutlich. „Welche Frau war wieder hier?", fragte ich zögernd, obwohl ich bereits ahnte um wen es sich handelte. „Na, die Alte, die dich beobachtet hat und die im Krankenhaus arbeitet." Eduard drohte zu stürzen, aber er fing sich gerade noch. „Du erinnerst dich doch bestimmt noch an die, oder?" Eduard wollte mir auf die Schulter klopfen, er verfehlte mich jedoch und konnte sich im letzten Moment noch am Treppengeländer festhalten. „Die hat irgendwas da reingesteckt", er wies mit seiner schwieligen Hand auf meinen Postkasten. „Wie ist sie denn überhaupt ins Haus gekommen?", misstrauisch sah ich Eduard an. „Hilde kam gerade aus dem Keller als sie jemanden vor der Tür stehen sah und hat aufgemacht," bekam ich stotternd zur Antwort. „Da hat die Frau nur schnell was in den Schlitz gesteckt und ist gleich wieder weggerannt." Mich überkam die böse Ahnung, dass Schwester Heike und Hilde, wieder aufeinandergetroffen waren. „So, das war's" meldete sich der Hausmeister verärgert zu Wort: „Ich habe die Tür geöffnet, aber sie lässt sich nicht mehr schließen. Da muss jemand dran gewesen sein." Und mit gelangweiltem Gesichtsausdruck fuhr er fort: „Ich werde ein neues Schloss besorgen, aber das kann ein paar Tage dauern."

Er packte sein Werkzeug zusammen und ging grußlos davon. Auch Eduard machte sich stöhnend und schlurfend auf den Weg in seine Wohnung. In Gedanken versunken ging ich in meine eigenen vier Wände. Ich nahm den Briefumschlag heraus und betrachtete ihn genau. Auf der Vorderseite stand mein Name, auf der Rückseite standen in Druckschrift die Buchstaben: M I T. MIT als Absender, wer oder was konnte damit gemeint sein? Plötzlich fielen mir die anonymen Briefe wieder ein und ein kalter Schauer lief mir über den Rücken. „Was soll ich bloß machen, wenn es wieder so ein Schriftstück ist", ging es mir durch den Kopf. Argwöhnisch betrachtete ich den Umschlag und legte ihn auf den Küchentisch.

Nachdem ich mich umgezogen hatte nahm ich das Kuvert und öffnete es mit zitternden Fingern. Zum Vorschein kam ein eingerissenes DIN-A4-Blatt mit umgeknickten Ecken und einigen Flecken. Es kostete mich große Überwindung den Bogen auseinander zu falten. Nachdem ich es geschafft hatte traute ich meinen Augen kaum als ich las: „Erwin, wenn du diese Zeilen liest werde ich nicht mehr am Leben sein."

Mir wurde schwarz vor Augen und ich musste mich setzen.

„Ich habe beschlossen meinem Leben ein Ende zu setzen, ich ertrage es einfach nicht mehr. Das Schicksal kann so ungerecht sein, wie man an uns beiden unschwer erkennen kann. Zwar haben wir den gleichen Vater, aber das war es auch schon mit den Gemeinsamkeiten."

Ich starrte auf das Blatt Papier und versuchte mich zu konzentrieren.

„Du bist ein verwöhntes Bürschchen, das von seiner Mutter und später von den Großeltern in Watte gepackt worden ist. Ich dagegen habe von Anfang an kämpfen müssen, um in dieser Welt bestehen zu können. Ich habe dir vorgegaukelt dein Freund zu sein, aber in Wirklichkeit wollte ich nur dich und deine Lebensumstände ausspionieren." Ich begann zu zittern und musste mehrmals kräftig schlucken, bevor ich weiterlesen konnte. „Im Gegensatz zu dir musste ich ständig Klamotten aus dem Secondhand-Laden oder vom Flohmarkt tragen. Unser Alter hat es nicht fertig gebracht regelmäßig Unterhalt für mich zu zahlen."

An dieser Stelle war ein großer brauner Fleck auf dem Papier und ich überlegte, ob es sich wohl um Alkohol gehandelt haben könnte.

„Unser triebgesteuerter Vater und meine Mutter mit ihrer kriminellen Energie, das war eine hochbrisante Mischung. Ich vermute, dass unser alter Herr dieses Potenzial in meiner Mutter erkannt hat und sich deshalb ganz gezielt an sie herangemacht hat. Anton hatte ihr die Ehe versprochen, wenn sie ihm dabei helfen würde seine Ehefrau, deine Mutter aus dem Weg zu räumen."

Entsetzt riss ich die Augen auf und spürte Übelkeit in mir aufsteigen.

„Sein Versprechen hat er natürlich nicht gehalten, sondern hat sich fröhlich mit anderen Frauen vergnügt. Dafür habe ich ihn gehasst und das wusste er auch, aber er hat mich nur ausgelacht. Als ich alt genug war habe ich meiner Mutter geraten sich von ihm zu trennen, aber sie hat es nicht geschafft, sie war ihm hörig. Außerdem hat Anton sie damit erpresst, dass sie am Tod seiner Frau eine große Mitschuld tragen würde. So hat er sie immer wieder eingeschüchtert und sie sich gefügig gemacht."

An dieser Stelle musste ich den Zettel aus der Hand legen, sprang vom Sofa auf und lief im Zimmer herum. „Also hatte meine Mutter Recht gehabt mit ihrer Vermutung, dass mein Vater ihr absichtlich gesundheitlichen Schaden zufügt hätte." Bei diesem Gedanken liefen mir Tränen über das Gesicht und ich spürte einen stechenden Schmerz in der Brust.

Nachdem ich eine Weile in der Wohnung auf und ab gelaufen war, wandte ich mich wieder Tims Brief zu. „Irgendwann habe ich es nicht mehr ausgehalten meine Mutti so leiden zu sehen und habe beschlossen, Anton aus dem Weg zu schaffen. Es hat lange gedauert bis ich meine Idee in die Tat umsetzen konnte, aber es hat funktioniert. Niemand ist auf den Gedanken gekommen, dass es Mord gewesen sein könnte."

Ich fühlte wie eine Gänsehaut sich auf meinem ganzen Körper breit machte, aber ich zwang mich weiter zu lesen.

„Es hat wie ein Unfall ausgesehen und die Polizei vermutet den Einfluss von Alkohol oder Drogen. Das soll bei Ärzten ja durchaus vorkommen. Wie ich genau vorgegangen bin wirst du nie erfahren, Erwin, dieses Geheimnis nehme ich mit ins Grab. Auf jeden Fall hat Anton etwas geahnt; denn er hat ja bei Notar Klopfstock das Päckchen für dich hinterlassen."

Ich drehte mich um und starrte die Schachtel an, die immer noch im Regal stand. Würde ich jemals alle Rätsel lösen können? Gespannt wandte ich mich wieder Tims Zeilen zu.

„Es war übrigens sehr dumm von dir die Angebote deiner Kollegin Regina auszuschlagen. Die Frau ist eine Granate! Aber vielleicht bin ich unserem Vater auch in sexueller Hinsicht ähnlicher als du. Allerdings hätte ich auch nicht von dir erwartet, dass du Regina so energisch gegenübertreten würdest. Du hast dich ganz anders entwickelt, als ich es je von dir vermutet hätte."

Diese Zeilen musste ich ein zweites Mal lesen, woher kannten Tim und Regina sich und hatte Tim etwa die ganze Geschichte eingefädelt?

Mit den Worten: „Mich hat der Alkohol fest im Griff und unser alter Tyrann verfolgt mich jede Nacht in meinen Träumen. Ich kann nicht mehr und ich will auch nicht mehr," fuhr er fort. „Schon seit längerer Zeit habe ich mich an den Medikamentenvorräten meiner Mutter bedient und ich bin ganz sicher, dass mein Vorhaben, mir selbst das Leben zu nehmen, gelingen wird. In Wirklichkeit war ich nie der Freund, der zu sein ich behauptet habe und den du in mir gesehen hast. Verzeih mir, wenn du kannst. Tim."

Wie gelähmt saß ich da und starrte die Wand an, der Abschiedsbrief von Tim entglitt meinen Händen und fiel lautlos zu Boden.

Tims Abschiedsbrief hatte mich zutiefst erschüttert. Jahrelang hatte ich in dem Glauben gelebt in Tim einen Freund gefunden zu haben. Warum hatte ich ihm so blind vertraut? Hatte es Signale gegeben, die mich misstrauisch hätten werden lassen müssen?

Einige Nächte wälzte ich mich schlaflos im Bett herum, ohne zu einem befriedigenden Ergebnis zu kommen. Ich fragte mich wem ich überhaupt noch vertrauen könnte. Nach längerem Überlegen fiel mir Pia ein, sie hatte mit Tim zusammengelebt, vielleicht könnte sie mir ein wenig Klarheit verschaffen. Ich nahm all meinen Mut zusammen und rief bei ihr an. Wie so häufig erreichte ich sie nicht und hinterließ auf dem Anrufbeantworter meine Bitte um Rückruf. Pia meldete sich nicht und so versuchte ich es einige Tage später erneut. Mein Herz klopfte mir bis zum Hals als ich ihre kühle Stimme hörte. „Guten Tag, Pia, hier ist Erwin, wie geht es dir?" Im Hintergrund hörte ich eine männliche Stimme fragen wer denn am Telefon sei. „Ach, Erwin, du bist es", Pias Stimme klang erstaunt, „das ist ja eine Überraschung." „Störe ich euch?", fragte ich vorsichtig. „Ehrlich gesagt ja", bekam ich zur Antwort: „Wir bereiten gerade unseren Umzug vor. Deshalb habe ich nicht so viel Zeit, worum geht es denn?" „Tim hat mir einen Abschiedsbrief geschrieben und" an dieser Stelle wurde ich von Pia unterbrochen: „entschuldige, Erwin, aber du weißt, dass dieses Thema für mich schon lange erledigt ist." Mir stockte der Atem, ihre Antwort hatte verärgert geklungen. „Peter und ich werden Eltern und wir haben endlich eine passende Wohnung gefunden. Du kannst dir sicher vorstellen was das bedeutet und wir müssen schließlich auch noch für eine Babyausstattung sorgen." Plötzlich hatte ich ein schlechtes Gewissen, war es zu egoistisch gewesen, Pia anzurufen? Bei unserem letzten Telefonat anlässlich Tims Beerdigung hatten wir verabredet in Verbindung zu bleiben. War das auch nur so dahin gesagt gewesen? „Pia, es tut mir leid, dass ich zu so unpassender Zeit anrufe und ich will euch auch gar nicht lange aufhalten." Ich hatte den Eindruck, dass Pia mit dem Telefon in der Hand herumlief oder etwas einpackte. „Ich habe keine Ahnung, wie und wo ich Tims Mutter erreichen kann", stotterte ich verlegen. „Kannst du mir ihre Telefonnummer geben oder mir sagen, wo sie wohnt?" Pia stöhnte genervt auf: „Damals hat sie in der Alten Landstraße 45 im Hinterhof gewohnt. Einen Festnetzanschluss hatte sie zu der Zeit nicht und eine Handynummer habe ich nicht. Natürlich habe ich auch keine Ahnung, ob die Adresse noch stimmt."

Bevor ich etwas sagen konnte fuhr sie fort: „Bitte sei mir nicht böse, Erwin, aber das ist für mich Vergangenheit und ich will und muss mich jetzt um unsere Zukunft kümmern." Mit den Worten: „Ich wünsche dir alles Gute" beendete sie unser Gespräch, die Verbindung wurde unterbrochen. Traurig schaute ich mein Telefon an, der letzte Satz hatte für mich wie ein Abschied für immer geklungen. Immerhin hatte ich jetzt einen Anhaltspunkt was Heikes möglichen Wohnort betraf. Ich nahm das Notizbuch aus dem Päckchen meines Vaters und schlug es auf. Bei dem Eintrag A. Landstraße stand tatsächlich die Hausnummer 45. Als ich mich das erste Mal damit beschäftigt hatte, war ich nicht sicher gewesen, ob der angegebene Vorname Heike oder Heiko lautete. Nun war ich sicher, dass es Heike heißen sollte. Mein Puls raste, wie sollte ich weiter vorgehen, konnte ich es wagen einfach an ihrer Tür zu klingeln? Als wir uns vor dem Krankenhaus getroffen hatten während Tim auf der Intensivstation lag, hatte Schwester Heike vorgeschlagen, dass wir miteinander reden sollten. Jedoch war die Telefonnummer, die sie mir gegeben hatte, nicht richtig gewesen. War das alles nur ein Täuschungsmanöver oder war sie durch den Selbstmordversuch ihres Sohnes so verwirrt gewesen? Ich beschloss nichts zu überstürzen und mir genau zu überlegen welche Schritte ich als nächstes unternehmen würde.

Pias Reaktion auf meinen Anruf beschäftigte mich noch eine ganze Weile. „Was hast du erwartet, Erwin?", ging es mir durch den Kopf. „Pia und Tim hatten sich getrennt und in Peter hat sie einen neuen Partner gefunden. Das ist doch besser, als wenn sie Tim immer noch nachtrauern würde." Mein Verstand war überzeugt von der Richtigkeit, mein Gefühl konnte es nicht so einfach akzeptieren. Zum wiederholten Mal las ich den Abschiedsbrief von Tim. Er hatte mich benutzt und wahrscheinlich hatte er sich Pia gegenüber ähnlich verhalten.

So war es kein Wunder, dass Pia für sich einen Schlussstrich gezogen hatte. Auch ich wollte endlich mit meiner Vergangenheit abschließen, aber vorher musste ich noch einige Details klären.

Die Gespräche mit Schwester Heike und Paul Schwarz hatten immer noch nicht stattgefunden, darum würde ich mich als nächstes kümmern. Meine erste Anlaufstelle war der Zeitschriftenladen von Paul Schwarz. Auf dem Weg von der Arbeit ging ich direkt dort vorbei. Carolin bediente gerade einen Kunden und erschrak als sie mich sah. Als ich an der Reihe war fragte sie versängstigt: „Erwin, was willst du hier?" Nervös sah sie sich um: „Du weißt doch, dass Paul mir verboten hat dich zu treffen." Ihre Augen füllten sich mit Tränen und mir brach fast das Herz. Um mir nicht ins Gesicht sehen zu müssen beschäftigte sie sich mit irgendwelchen Dingen hinter dem Ladentisch. „Carolin, es tut mir so leid", verlegen trat ich von einem Fuß auf den anderen, „ich hatte gehofft Paul zu treffen." „Er ist gerade in einem wichtigen Gespräch und ich darf auf gar keinen Fall stören", flüstere Carolin. „Worum geht es denn, kann ich dir weiterhelfen?"

Nach einem tiefen Seufzer antwortete ich: „Das kann ich mir nicht vorstellen, Carolin, es geht um Tim und um meinen verstorbenen Vater." Ungläubig starrte sie mich an: „Ich dachte Tim wäre dein Halbbruder gewesen." „Ja, das ist richtig, fiel ich ihr ins Wort, aber das ist eine komplizierte Geschichte. Mein alter Herr hat mir über einen Notar ein paar Dinge hinterlassen, für die ich noch immer nach einer Erklärung suche." Nervös knetete ich meine Hände: „Und ich hoffe, dass Paul oder Schwester Heike, mir bei der Aufklärung behilflich sein können." Mit traurigen Augen sah Carolin mich an: „Was fehlt dir denn noch?" Unsicher ob ich das Gespräch fortsetzen sollte, zögerte ich. Schließlich gab ich mir einen Ruck: „Es gibt in diesem Nachlass eine Adresse, die mir noch Rätsel aufgibt." Ängstlich sah Carolin sich im Laden um, aber es war gerade kein anderer Kunde anwesend. Als sie sich wieder mir zuwandte fuhr ich mit belegter Stimme fort: „Außerdem gibt es noch ein Gedicht von Joseph von Eichendorff. Es gefällt mir sehr gut, aber ich frage mich wer meinen Alten mit so romantischen Versen in Verbindung gebracht hat." Einen Moment lang starrte Carolin mich entgeistert an, ihre Wangen waren gerötet und sie wirkte verstört. „Erwin, es ist besser, wenn du jetzt gehst", mit diesen Worten begann sie hektisch hinter dem Verkaufstresen auf und ab zu laufen.

Während ich noch überlegte was dieses Verhalten zu bedeuten hätte wurde die Tür zum Hinterzimmer einen Spalt breit geöffnet und ich konnte Stimmen hören. Entsetzt warf Carolin mir einen angsterfüllten Blick zu und bedeutete mir mit einer hektischen Handbewegung den Laden zu verlassen.

Noch bevor ich reagieren konnte stand Schwester Heike im Türrahmen und Paul Schwarz seitlich hinter ihr. Mit offenem Mund starrte Heike mich an. Paul Schwarz schob sie energisch zur Seite und kam mit eiligen Schritten auf mich zu. Mit bösem Blick sah er mir in die Augen: „Erwin, was machst du hier? Lass Carolin in Ruhe, hast du mich verstanden?" Sein aggressives Auftreten und seine wütende Stimme riefen sofort

Erinnerungen an meinen Vater wach. Ich holte tief Luft, sah ihm ins Gesicht und antwortete mit ruhiger Stimme: „Herr Schwarz, ich bin wegen ihnen hier. Sie hatten mir angeboten mit mir über Ihren Bruder zu sprechen, erinnern sie sich?" Seine Gesichtszüge entspannten sich leicht. Schwester Heike warf ihm einen Blick zu den ich nicht deuten konnte und wollte den Laden eilig verlassen. „Heike, wir wollten uns doch auch noch unterhalten," sprach ich sie an. „Unter der Telefonnummer, die du mir bei unserem Treffen vor dem Krankenhaus gegeben hast, konnte ich dich nicht erreichen. Ich habe es mehrfach versucht", bettelte ich. Ihre Stimme klang gereizt als sie murmelte: „Ich habe dir den Brief von Tim in den Kasten gesteckt, hast du ihn etwa nicht bekommen?" Mit funkelnden Augen fuhr sie fort: „Wenn nicht dann frag mal deine Nachbarin, dieses schreckliche Weib." Nur mit größter Mühe gelang es mir äußerlich ruhig zu bleiben: „Den Abschiedsbrief von Tim habe ich bekommen, vielen Dank. Aber ich habe noch Fragen, die Anton Schwarz betreffen." „Was bist du bloß für ein schrecklicher Egoist!", schleuderte Heike mir entgegen. „Du jammerst wegen deinem Papa, ich habe nicht nur meinen Partner, sondern auch meinen geliebten Sohn verloren."

Mit Tränen in den Augen sah sie Paul Schwarz fragend an: „Wie herzlos kann ein Mensch eigentlich sein?" Paul nahm Heike tröstend in die Arme, er strich ihr beruhigend über den Rücken und flüsterte ihr etwas ins Ohr. Langsam löste sie sich aus seiner Umarmung und sah mich mit verweinten Augen an: „Du hast Recht, Erwin, wir sollten miteinander reden." Sie wischte sich die Tränen ab und schnäuzte sich geräuschvoll die Nase. Dann sah sie Paul an: „Paul, könnt ihr den Anfang machen? Ich brauche noch etwas Zeit." Als Paul nickte kramte sie eine Visitenkarte aus ihrer Handtasche und gab sie mir mit den Worten: „Sprich bitte erst mit Paul." Sie gab uns beiden die Hand, nickte Carolin zu, die uns die ganze Zeit beobachtet hatte und verließ mit gesenktem Kopf das Geschäft. Paul und ich standen uns einen Moment schweigend gegenüber, bevor er sprach. „Ich habe dich unterschätzt, Erwin. Es wäre mir lieber gewesen, wenn ich die Vergangenheit ruhen lassen könnte." Er wirkte müde und erschöpft: „Aber ich kann dich verstehen, vermutlich würde ich mich ähnlich verhalten. Bitte gib mir deine Telefonnummer, damit ich dich anrufen kann, um einen Termin zu vereinbaren." Mit diesen Worten reichte er mir einen Zettel und einen Stift. Während ich meine Nummer notierte hörte ich ihn flüstern: „Bitte tu Carolin nicht weh, sie ist alles was ich noch habe und ich liebe sie über alles."

Zum Abschied gab er mir die Hand und versprach. „Ich melde mich bei dir, spätestens in der nächsten Woche."

Langsam ging er zurück in sein Büro und schloss leise die Tür hinter sich. Im Laden waren gerade einige Kunden und so winkte ich Carolin nur zu und verließ nachdenklich das Geschäft und den Bahnhof.

Nach der Begegnung mit Tims Mutter und Paul Schwarz fuhr ich ins Tierheim, um auf andere Gedanken zu kommen. Schon von Weitem hörte ich das aufgeregte Bellen der Hunde und stellte überrascht fest, dass meine Schritte immer schneller wurden. Die Vierbeiner konnten es kaum erwarten, dass ich die Tür des Zwingers öffnete. „Hallo, wie geht es euch?", ich streckte beide Hände aus und streichelte die Tiere, was sie sichtlich genossen. Dann ging ich mit ihnen auf die Spielwiese, wo sie ausgelassen mit dem Ball tobten, bis sie schließlich erschöpft aufgaben. Willig ließen sie sich in ihre Behausung zurückbringen. Ich füllte ihre Näpfe mit frischem Wasser, gab jedem sein Leckerli und verließ das Tierheim. Auf dem Weg zur Bushaltestelle beschloss ich spontan zu Fuß nach Hause zurückzukehren. Das würde zwar eine ganze Weile dauern, aber mir schwirrte immer noch der Kopf und von dem Spaziergang erhoffte ich mir ein wenig Ablenkung.

Während ich durch den Park schlenderte, sah ich auf einer Bank zwei alte Männer sitzen und Bier trinken. Einer der beiden erinnerte mich an meinen Nachbarn Eduard und ich bog in einen Seitengang ab, bevor er mich entdeckte. „Erwin, komm her zu uns", hörte ich Eduard mit schwerer Stimme rufen. „Nun stell dich doch nicht so an und trink einen mit uns". Er musste mich also doch gesehen haben, aber ich tat so als hätte ich ihn nicht gehört und setzte meinen Weg fort. Ich hatte mit meiner eigenen Geschichte genug zu tun und wollte mich nicht auch noch mit seinen Problemen beschäftigen.

Meine Gedanken kehrten zu Paul Schwarz zurück, würde er sein Versprechen halten und mit mir über meinen Vater, seinen Bruder, sprechen? Paul hatte gesagt es wäre ihm lieber gewesen die Vergangenheit ruhen zu lassen. Was konnte das bedeuten, würde ich selbst es auch bereuen, Nachforschungen über meine Familie angestellt zu haben? „Nun mach dich bloß nicht verrückt!", schoss es mir durch den Kopf, „Paul wird sich schon melden, das Zusammentreffen mit ihm ist doch erst wenige Stunden her."

Als ich meine Wohnung betrat sah ich sofort, dass der Anrufbeantworter blinkte. Erwartungsvoll drückte ich den Wiedergabeknopf, „Hallo Erwin, hier ist Pia." Erstaunt lauschte ich ihrer Stimme, sie klang als hätte sie geweint. „Erwin, ich möchte mich bei dir entschuldigen, weil ich so unfreundlich auf deinen Anruf reagiert habe. Peter und ich sind zurzeit im Ausnahmezustand wegen des Babys und dem Umzug." Pia machte eine kurze Pause bevor sie mit belegter Stimme fortfuhr: „Ich hoffe, du hast Verständnis dafür, dass die Zeit mit Tim für mich endgültig der Vergangenheit angehört. Dir wünsche ich alles Gute, aber bitte ruf mich nicht mehr an." Nachdem ich die Nachricht ein zweites Mal gehört hatte musste ich mehrmals kräftig schlucken. „Lässt sich alles im Leben so leicht abschließen?", fragte ich mich in Gedanken und gleich ermahnte ich mich: „Wer sagt denn, dass Pia es sich leicht gemacht hat? Du weißt doch gar nicht was wirklich in ihr vorgeht." Eine Weisheit meiner Oma fiel mir spontan ein: „Erwin, du kannst einem Menschen immer nur auf die Stirn sehen. Was sich dahinter verbirgt, welche Gedanken er wirklich hat, bleibt dir für immer verborgen."

Die Erinnerung an meine Großeltern schmerzte mich, sie waren mir eine große Stütze gewesen und ich vermisste sie sehr. Traurig nahm ich mein Fotoalbum zur Hand und betrachtete das Bild, auf dem ich auf dem Schoß meines Großvaters saß und die goldene Taschenuhr mit strahlenden Augen betrachtete. Dann nahm ich die Uhr aus dem Päckchen meines Vaters und fragte mich erneut, was ihn dazu veranlasst haben mochte mir dieses Erinnerungsstück zu erhalten.

Die folgenden Tage wartete ich voller Ungeduld auf den Anruf von Paul Schwarz. Es schien mir als würde die Zeit überhaupt nicht vergehen.

Dann war es endlich soweit und Herr Schwarz rief an. Seine Stimme klang müde: „Guten Tag, Erwin, hier spricht Paul Schwarz." Er machte eine Pause und ich erwiderte seinen Gruß. „Erwin, bist du immer noch entschlossen etwas über Anton zu erfahren, oder hast du es dir zwischenzeitlich anders überlegt?" „Herr Schwarz, es ist mir ausgesprochen wichtig etwas über meinen familiären Hintergrund zu wissen!" Ich hörte einen tiefen Seufzer, bevor er kaum hörbar sagte: „Na gut, dann muss es wohl sein." Paul erkundigte sich, ob es mir recht wäre, wenn wir uns abends in seinem Laden treffen würden. Er wollte die sehr privaten Dinge nicht gern in einem Lokal besprechen, wo man nie sicher sein konnte wer das Gespräch belauschte. Nach einigem hin und her fanden wir einen Termin, der uns beiden zusagte und beendeten unser Telefonat.

Unruhe machte sich in mir breit, wie würde unsere Unterredung verlaufen? Würde Paul von sich aus erzählen oder würde ich alles aus ihm herausquetschen müssen? Überhaupt, wie sollte ich unsere Unterhaltung beginnen, oder würde er, von sich aus, den Anfang machen? Was wollte ich genau in Erfahrung bringen, sollte ich mir nicht einige Punkte aufschreiben, die mir besonders wichtig waren? Ich beschloss ständig einen kleinen Block und einen Stift bei mir zu haben, um keinen Gedanken zu verlieren.

Endlich war der Tag unserer Verabredung gekommen. Mit schweißnassen Händen und rasendem Herzen betrat ich das Bahnhofsgebäude. Es war abends und die meisten Reisenden und Pendler hatten die Station schon verlassen. Aus einiger Distanz beobachtete ich das Treiben im Zeitschriftenladen und sah, wie er sich mit einer herzlichen Umarmung von Carolin verabschiedete. Diese Vertrautheit zwischen den beiden versetzte mir einen Stich, wie gerne wäre ich in diesem Moment an Pauls Stelle gewesen. Als ich sicher war, dass Carolin nicht noch einmal zurückkommen würde betrat ich das Geschäft. Die ältere Frau, die ich schon einige Wochen vorher angetroffen hatte, musterte mich argwöhnisch und ließ mich nicht aus den Augen, während sie ihren Kunden bediente. Der Mann verließ den Verkaufsraum und ich trat an den Tresen: „Guten Abend, ich bin Erwin Zuckerbein und ich habe einen Termin mit Herrn Schwarz."

Skeptisch betrachtete sie mich, bevor sie mit strenger Stimme antwortete: „Herr Schwarz erwartet Sie, Herr Zuckerbein."

Meinen Namen sprach sie in einer so merkwürdigen Weise aus als könnte sie sich die Lippen daran verbrennen oder sich die Zunge brechen. Schließlich klopfte sie an die Tür zum Hinterzimmer, steckte ihren Kopf durch einen schmalen Spalt und sagte leise: „Paul, dein Besuch ist da." Paul Schwarz erschien im Türrahmen, reichte mir die Hand und begrüßte mich mit müder Stimme: „Hallo Erwin, komm rein." Mit einer kurzen

Handbewegung forderte er mich auf einzutreten. Die Luft in dem engen Raum war stickig. An den Wänden standen Regale voller Ordner und auf dem Schreibtisch stapelten sich Zeitschriften und volle Ablagekörbe. Paul wies mit der rechten Hand auf einen alten Holzstuhl mit einem abgewetzten Sitzpolster: „Bitte setz dich. Möchtest du etwas trinken?" Bevor ich antworten konnte öffnete er noch einmal die Tür zum Verkaufsraum und wandte sich an seine Mitarbeiterin: „Du kannst in einer halben Stunde den Laden schließen. Ich möchte jetzt nicht mehr gestört werden, wir sehen uns dann morgen. Schönen Abend noch." Paul setzte sich an seinen Arbeitsplatz, schob einen Stapel Magazine zur Seite und goss jedem von uns ein Glas Wasser ein. Schweißperlen standen ihm auf der Stirn als er sagte: „Erwin, bist du damit einverstanden mich mit Paul und du anzusprechen?" Noch ehe ich etwas entgegnen konnte fügte er mit gepresster Stimme hinzu: „Immerhin bin ich ja dein Onkel." Überrascht von seinem Angebot nickte ich zustimmend und krächzte: „Ja, sehr gerne, Paul." Stöhnend erhob er sich und ging in dem kleinen Raum auf und ab. Dabei nestelte er an seinem Kragen herum als sei ihm dieser plötzlich zu eng geworden. Abrupt blieb er stehen und sah mich mit durchdringendem Blick an: „Ich fürchte, du kannst dir gar nicht vorstellen was dieses Gespräch für mich bedeutet." Er räusperte sich, setze sich ächzend auf seinen knarrenden Stuhl, schaute zur Decke und starrte in das grelle Neonlicht. „Dein Vater, mein Bruder, und ich waren so unterschiedlich wie man es sich von Geschwistern kaum vorstellen kann." Paul machte eine Pause als suchte er nach geeigneten Worten und sah dabei durch mich hindurch. Gespannt wartete ich darauf, dass er weitersprach und wagte dabei kaum zu atmen. Schließlich nahm er eine andere Sitzposition ein, verschränkte die Arme vor der Brust, schüttelte den Kopf und flüsterte leise: „Anton war schon als Kind jähzornig, aber unsere Eltern haben ständig

Rücksicht auf ihn genommen. Immer haben sie klein beigegeben, weil sie seinen Wutausbrüchen nicht gewachsen waren." Pauls Gesicht färbte sich rot und seine Augenlider begannen zu zittern. Ich konnte meinen Blick nicht von ihm abwenden und wartete gespannt auf die Fortsetzung seiner Schilderung. „Anton war ein rhetorisches Naturtalent und keiner schien ihm gewachsen zu sein. Sogar die Lehrer in der Schule haben kapituliert, wenn er es wieder darauf anlegte seinen Willen durchzusetzen." Paul strich sich mit beiden Händen über das Gesicht und ich hatte den Eindruck als wollte er seine Tränen vor mir verbergen. „Du hättest ihn erleben sollen wie geschickt er die Menschen mit seiner Rhetorik beeinflusst hat. Besonders Frauen konnte er mit unglaublicher Leichtigkeit um den Finger wickeln." Paul sprang auf und durchquerte mit energischen Schritten sein Büro. „Ob er jetzt an die Geschichte mit Carolins Mutter denkt?", fragte ich mich in Gedanken. In meine Überlegungen hinein fuhr Paul fort: „Anton ist nicht deshalb Arzt geworden, weil ihn die Medizin interessierte, sondern ihn lockte der gute Verdienst und natürlich der Umgang mit Frauen." Ich wollte etwas fragen, aber Paul sah mir mit angewidertem Blick ins Gesicht: „Für viele Menschen sind Ärzte ja Halbgötter in Weiß und besonders viele weibliche Wesen fühlen sich zu ihnen hingezogen." Nervös rutschte ich auf meinem Stuhl herum, dieses Thema war mir nicht neu. Mit zitternder Stimme hörte ich Paul reden: „Da in den meisten Krankenhäusern die Schwestern in der Mehrheit sind haben die Doktoren in der Regel ein leichtes Spiel." Er blieb stehen, trank einen Schluck Wasser und sah mich mit traurigem Blick an. „Anton wollte nie eine Familie haben" und leise fügte er hinzu, während er wieder begann auf und ab zu laufen: „Mit anderen Worten, du warst kein Wunschkind, Erwin. Im Gegenteil, er hat deiner Mutter unterstellt ihn hereingelegt zu haben." Meine Augen füllten sich mit Tränen: „Mir ist bekannt, dass mein

Vater mich nicht wollte." Stotternd fuhr ich fort: „Meine Mutter hat mir einen Brief hinterlassen, in dem sie mir berichtet hat, dass mein Großvater meinen Vater mit Hilfe von viel Geld zur Heirat meiner Mutter überredet hat." Mitfühlend sah Paul mir in die Augen: „Es tut mir wirklich leid, Erwin, ich hatte keine Ahnung, dass du es weißt." „Ja woher denn auch?", meine Stimme überschlug sich und mein Herz pochte mir bis zum Hals. „Meine Mutter hatte auch das Gefühl, dass er sie schon bald nach der Hochzeit betrogen hat." Paul nickte zustimmend: „Anton soll ja noch weitere Kinder aus nicht ehelichen Beziehungen gehabt haben", nahm er die Unterhaltung nach einer Weile wieder auf. „Tim war ja auch mein Halbbruder, er selbst hat es mir aber erst kurz vor seinem Tod gebeichtet", platzte es aus mir heraus. „Mit Tim war es ähnlich wie mit dir," erklärte Paul, „auch er war nicht geplant. Anton hat Tims Mutter immer wieder eine Eheschließung in Aussicht gestellt und hat sich dann doch jedes Mal kurz vorher fadenscheinige Ausreden einfallen lassen." Er ballte seine Hände zu Fäusten, wie um seinen Worten Nachdruck zu verleihen. „Tim hat ihn dafür gehasst, dass er Frauen wie eine Ware behandelt hat, und hat gedroht ihm etwas anzutun."

Er rieb sich die Schläfen als müsste er einen lästigen Kopfschmerz vertreiben: „Natürlich hatte Anton Angst, er fühlte sich ernsthaft bedroht. Aber statt zur Polizei zu gehen hat er seine Furcht lieber in Alkohol ertränkt." Paul setzte sich kurz, sprang aber gleich wieder auf und lief ruhelos im Raum umher. „Schließlich ist er durch einen Autounfall ums Leben gekommen. Aus ungeklärter Ursache ist er frontal gegen einen Baum gefahren, es gab keine Zeugen."

Einen Moment schwiegen wir beide, bevor ich mir ein Herz fasste und erklärte: „Als Tim im Krankenhaus lag hat er mir erzählt, dass er unseren Vater umgebracht hat." Mir liefen die Tränen über das Gesicht: „Erst zu dem Zeitpunkt habe ich erfahren, dass Tim mein Halbbruder war." Weiter konnte ich nicht sprechen, ich wurde von tiefen Schluchzern geschüttelt. Paul trat hinter mich und legte mir tröstend seine Hände auf die Schultern: „Ich denke für heute ist es genug", hörte ich seine erschöpfte Stimme, „wir sollten ein anderes Mal weiterreden." Langsam zog er mich vom Stuhl hoch und sagte leise: „Erwin, ich kann nicht mehr, ich möchte jetzt alleine sein." Er brachte mich zur Ladentür und gab mir die Hand mit den Worten: „Wir sollten bald wieder miteinander sprechen. Mach's gut Erwin." Er verriegelte die Tür und löschte das Licht und ich machte mich müde und erschöpft auf den Heimweg.

Den Weg zurück in meine Wohnung ging ich wie in Trance. Pauls Worte hallten mir noch in den Ohren. Ich selbst hatte es immer bedauert keine Geschwister zu haben. Aber wenn ich Paul glauben durfte war es keineswegs so rosig wie ich es mir erträumt hatte. Zu meinem großen Bedauern hatte ich keinen Freund oder eine andere Vertrauensperson, mit der ich meine Gedanken teilen konnte.

Ruhelos lief ich in der Wohnung umher und dachte über eine Lösung nach. Die Geschichte war ja noch nicht zu Ende, es musste doch auch für mich eine Möglichkeit geben, meine Gefühle zu verarbeiten. In Erinnerung an das Gespräch mit Paul nahm ich das Päckchen meines Vaters vom Bord.

Tims Wut darüber, wie unser Vater weibliche Wesen behandelt hatte, hatte mich wieder an das frauenfeindliche Gedicht denken lassen, das sich darin befand. Schon nach kurzer Zeit hielt ich den Zettel mit den Versen von Nestroy in den Händen. Abscheu erfüllte mich und ich fühlte wie mir die Tränen in die Augen stiegen. Als ich das Blatt zurück in die Schachtel legen wollte fiel mein Blick auf das selbstgefaltete Notizbuch meines Vaters. Außer Adressen enthielt es keine Aufzeichnungen, aber ich hatte spontan eine Idee. Ich könnte meine Erkenntnisse und die Empfindungen, die sie hervorriefen, doch aufschreiben. „Wäre das eine geeignete Lösung für mich?", überlegte ich laut. Bei meiner erneuten Wanderung durch die Wohnung fiel mein Blick auf die Pinnwand in der Küche. Sofort entdeckte ich die Haftnotiz mit der Nummer der Telefonseelsorge. „Wie hatte der Radiomoderator sich damals ausgedrückt", überlegte ich angestrengt. „Die Nummer gegen Kummer", war alles was mir dazu noch einfiel, und ich beschloss über einen Anruf nachzudenken.

Nachts wälzte ich mich schlaflos im Bett herum und dachte über das Für und Wider nach. „Erwin, was erwartest du von einem Telefongespräch?", fragte ich mich kritisch. Zum wiederholten Mal stand ich in dieser Nacht auf, lief in meinen Räumen umher und schaute aus dem Fenster. Die Straße war nur spärlich beleuchtet und weit und breit war kein Mensch zu sehen. Erneut kehrten meine Gedanken zur Telefonseelsorge zurück. Irgendwo da draußen saßen ehrenamtliche Mitarbeiter und beschäftigten sich mit den Problemen von Menschen, die sie nicht kannten und für die sie immer anonym bleiben würden. Mein Verstand sagte mir, dass mir mit einem einzigen Gespräch auf keinen Fall geholfen wäre. Außerdem wäre die Chance noch einmal mit demselben Mitarbeiter zu sprechen äußerst gering. „Erwin, da gibt es nur die Möglichkeit dir professionelle Hilfe zu suchen, oder du versuchst es zunächst damit ein Tagebuch zu schreiben", ermahnte ich mich. „Na gut, versuchen kann ich es ja mal", stöhnte ich laut auf.

Als nächstes überlegte ich, wie so ein Tagebuch aussehen sollte und wo ich es kaufen könnte. Den Gedanken, meine Kollegen zu fragen, verwarf ich gleich wieder, ich wollte mich nicht ihren Fragen oder ihrem Spott aussetzen. Im Internet würde ich sicher Informationen zu diesem Thema finden. Einer plötzlichen Eingebung folgend suchte ich mir einen Block und einen Kugelschreiber und setzte mich mit einer warmen

Wolldecke auf mein Sofa. Ohne auf Schönschrift oder Recht-schreibung zu achten ließ ich den Stift über das Papier gleiten. Erst als es draußen zu dämmern begann und ich vor Kälte und Erschöpfung zitterte, schaute ich auf die Uhr. „Mein Gott, ich habe ja Stunden damit zugebracht mir meine Emotionen von der Seele zu schreiben." Dann fiel mir ein, dass Wochen-ende war und ich ging erleichtert in mein Bett und zog mir die Decke bis über die Ohren hoch.

Erst gegen Mittag erwachte ich aus einem tiefen Schlaf. Ein Blick auf meine Notizen der letzten Nacht ließ mich zu dem Schluss kommen für mich die richtige Entscheidung getroffen zu haben. Nach einem schnellen Imbiss wollte ich mich auf den Weg in die Stadt machen, um mir ein Tagebuch und Ersatz-minen für meinen Kugelschreiber zu kaufen.

Gerade wollte ich das Radio in der Küche ausschalten als mich eine Nachricht aufhorchen ließ: „Zum wiederholten Mal wurden in den letzten Tagen Grabstellen auf dem Friedhof geschändet. Unbekannte Täter haben Gräber verwüstet und Gedenksteine umgeworfen." Der Sprecher räusperte sich, bevor er fortfuhr: „Die Polizei bittet die Bevölkerung um Mithilfe. Wer etwas Ungewöhnliches beobachtet hat wird gebeten sich mit einer der Polizeidienststellen in Verbindung zu setzen." Den rechten Arm in der Luft, meinen Zeigefinger auf den Ausschaltknopf gerichtet, verharrte ich eine Weile. „Hoffent-lich ist das Grab meiner Großeltern nicht betroffen", schoss es mir durch den Kopf. „Es ist viel zu lange her, seit ich auf dem Friedhof gewesen bin." Mein Großvater hatte mir versichert, dass ich mich um nichts würde kümmern müssen. Er hatte noch zu Lebzeiten seine eigene Bestattung und die seiner Frau organisiert und einen Vertrag über die Grabpflege abgeschlos-sen. Im Geiste hörte ich seine Worte: „Erwin, Oma und ich wollen dir keine unnötigen Verpflichtungen aufbürden." Er überreichte mir die Vertragsunterlagen mit der Bemerkung:

143

„Aber selbstverständlich kannst du uns zu jeder Zeit an unserer letzten Ruhestätte besuchen."

Die Erinnerung an dieses Gespräch machte mich traurig und ich hatte einen dicken Kloß im Hals. Schließlich gab ich mir einen Ruck, schaltete das Radio aus und verließ meine Wohnung.

Auf direktem Weg begab ich mich zum Grab meiner Großeltern. Zu meiner großen Erleichterung war alles in Ordnung. Im Schatten einer mächtigen Buche hatten die Eltern meiner Mutter ihre letzte Ruhe gefunden. Die Blätter rauschten im Wind und ließen dann und wann ein paar Sonnenstrahlen hindurch blitzen. Vögel zwitscherten in den Zweigen und Schmetterlinge tanzten über blühenden Pflanzen. Der Stein war gereinigt und die Beschriftung gut lesbar. Die immergrüne Einfassung war frisch geschnitten und vor dem Grabstein waren bunte Blumen gepflanzt. Alles sah sehr gut gepflegt aus. Ich wünschte mir, ich hätte auch eine konkrete Stelle, an der ich meiner Mutter gedenken könnte. Mein Vater hatte auf ihrer Einäscherung und einer anonymen Bestattung bestanden. Meine Großeltern hatten heftig dagegen protestiert, aber Anton hatte wieder einmal seinen Willen durchgesetzt.

Schweren Herzens ging ich zu dem Abschnitt mit den namenlosen Gräbern. Nichts deutete auf die einzelnen Urnengräber hin. Außer ein paar Gänseblümchen und einer einsamen Löwenzahnpflanze, deren Blüte sich gelb emporreckte und die von einer Biene besucht wurde, bestand die Anlage nur aus einer ebenen Rasenfläche. Am Rand waren in einigem Abstand drei weiße Bänke aufgestellt, die Besucher dazu einluden ein wenig zu verweilen. Ich setzte mich auf die mittlere Bank und schloss die Augen. „Mama, du fehlst mir so sehr", flüsterte ich und schluchzte mehrmals. Nach einiger Zeit bemerkte ich eine Amsel, die über das Gras hüpfte und ihrem Jungen scheinbar zeigte, wie es nach Nahrung suchen sollte. Dieses zu beobachten faszinierte mich und ich hatte nicht bemerkt, dass sich mir eine Person genähert hatte. Plötzlich spürte ich eine leichte Berührung an der linken Schulter. Erschrocken zuckte ich zusammen und sah mich um. „Keine Angst, junger Mann, ich tue Ihnen nichts", hörte ich eine leise Stimme. Über mich gebeugt stand ein alter Mensch und schaute mich, mit besorgtem Blick an. Das Gesicht war über und über mit Falten bedeckt, es erinnerte mich an die feinen Fäden eines Spinnennetzes. Unter einem dunklen Hut mit breiter Krempe kam eine lange weiße Lockenpracht hervor. Der Mund lächelte mich freundlich an und die Nase zierte eine auffällige Warze am rechten Nasenflügel. „Ich habe Sie schon eine ganze Weile beobachtet", ertönte eine tiefe, ruhige und wohlklingende Stimme. „Geht es ihnen nicht gut, benötigen sie Hilfe?" Verlegen wischte ich mir übers Gesicht: „Vielen Dank, es ist nichts, es geht mir gut", hörte ich mich sagen, aber meine zitternde Stimme verriet mich. „Darf ich mich einen Moment zu ihnen setzen?", fragte mich der alte Mann. Noch ehe ich antworten konnte strich er seinen Mantel glatt und nahm neben mir Platz. „Ich bin öfter hier und treffe auf trauernde Menschen, die nicht wissen, wo genau ihre Angehörigen oder Freunde begraben sind," begann er zu erzählen. „Manchmal gelingt es mir ein wenig Trost zu spenden und manchen ist auch damit geholfen, dass ich einfach nur zuhöre." Verwirrt schaute ich ihm ins Gesicht: „Sind sie Seelsorger oder etwas in der Art?" Der Alte schüttelte den Kopf: „Nein, das bin ich nicht, ich war in der Rechtsmedizin tätig." Ich war nicht sicher, ob ich seine Aussage richtig verstanden hatte und fragte nach: „Sie sind ein sogenannter „Detektiv in Weiß?"

Mein Gesprächspartner schaute auf seine faltigen Hände, die mit unzähligen Altersflecken übersät waren, und antwortete: „Es ist richtig, so werden wir genannt. Diese Bezeichnung hat uns die Bevölkerung gegeben." Meine Gedanken überschlugen sich und voller Neugier wollte ich wissen: „Wie ist es zu diesem

Namen gekommen?" Mein Banknachbar wählte seine Worte sehr sorgfältig: „Wir unterscheiden zwischen natürlichem und nicht natürlichem Tod und nach ungeklärter Todesursache." „Darüber habe ich noch nie nachgedacht", platzte es aus mir heraus. „Das geht den meisten Menschen so, aber Tatsache ist, dass 10 bis 15 Prozent aller Todesfälle in der Rechtsmedizin untersucht werden müssen", bekam ich zur Antwort. „Und warum?", ich schaute ihn fragend an. Ein kurzes Stöhnen ertönte und der Mann wechselte seine Sitzposition: „Das ist eine sehr komplizierte Materie und ich will Sie damit nicht langweilen." Er schloss kurz die Augen und verschränkte die Arme vor der Brust. „Wenn die Todesursache nicht erkennbar ist, beginnt unsere Arbeit. Wir wollen herausfinden, woran der Mensch gestorben ist und ob ein anderer den Tod verursacht hat." „Aber ist das denn immer sofort zu erkennen?", meine Stimme überschlug sich und ich fühlte wie mir die Röte ins Gesicht stieg. Sein lauernder Blick traf mich: „Nein, es ist oft erst nach aufwendigen Untersuchungen feststellbar, aber wie gesagt, das ist eine Wissenschaft für sich." Neugierig sah ich zu ihm hinüber und rutschte auf meinem Platz herum, bis er schließlich erneut zu sprechen begann: „Aus diesem Grund muss vor einer Einäscherung immer ein zweiter Arzt den Leichnam genau untersuchen, bevor die Freigabe zur Feuerbestattung erteilt wird." Der Mann sah mir in die Augen und fuhr fort: „Das war nicht immer so und dadurch sind vermutlich viele Morde unentdeckt geblieben." Verwirrt starrte ich den Mann an und dann auf meine Füße, meine Hände zuckten nervös. Nach einem Moment des Nachdenkens hörte ich ihn wieder sprechen: „Bei manchen Menschen habe ich das Gefühl, dass sie an diesen Ort kommen, weil sie den plötzlichen Verlust eines geliebten Menschen nicht verwinden können." Und nachdem er tief Luft geholt hatte sagte er leise: „Andere lassen mich vermuten, dass es ihr Gewissen ist, das sie an diesen Ort treibt."

Er stieß einen tiefen Seufzer aus. „Warum interessiert Sie dieses Thema so sehr?", hörte ich seine Stimme wie aus weiter Ferne. Wieder traten mir die Tränen in die Augen: „Mein Vater war Arzt und hat darauf bestanden, dass der Leichnam meiner Mutter verbrannt wurde", stotterte ich. „Sie hat mir einen Brief hinterlassen, in dem sie den Verdacht äußerte, dass er, ihr gesundheitlichen Schaden zufügen würde." Ein Weinkrampf schüttelte mich, ich konnte mich nicht beruhigen. Nach einer Weile nahm der Alte meine Hände in seine und streichelte sie sanft. „Oh mein Gott!", entfuhr es ihm. „Das würde erklären, warum Ihr Vater auf einer Einäscherung bestanden hat. Gift und Medikamentenrückstände sind auch nach Jahren noch in menschlichen Knochen nachweisbar." Kurze Zeit schwiegen wir beide, bevor er fragte: „Sie sind also hier, um ihrer Mutter zu gedenken, die hier bestattet worden ist?" Ich konnte nur stumm nicken. „Dann will ich Sie jetzt mit Ihren Gedanken alleine lassen." Der Mann erhob sich stöhnend und reichte mir die Hand: „Ich wünsche Ihnen alles Gute, junger Mann."

Dann glättete er seinen Mantel, rückte seinen Hut zurecht und ging mit kleinen Trippelschritten davon.

Mit müden Augen blickte ich über die Rasenfläche und dachte, dass es für den Tod meiner Mutter keine Gerechtigkeit mehr geben würde.

Mit schwerem Herzen, die Hände hinter dem Rücken verschränkt und mit gesenktem Kopf verließ ich den Friedhof. Dieses unerwartete Gespräch hatte mich sehr aufgewühlt.

Das Geräusch von quietschenden Reifen und lautes Hupen riss mich aus meinen Gedanken. Ich fand mich mitten auf der Straße wieder, umgeben von wütenden Autofahrern, die wild gestikulierten. Einer öffnete das Fenster, drohte mir mit geballter Faust und beschimpfte mich als „hirnlosen Penner". Sein Gesicht war rot angelaufen und er wirkte gewaltbereit. So schnell ich konnte rettete ich mich auf die Verkehrsinsel in der Mitte der Straße, wo sich eine Bushaltestelle befand.

„Das war aber knapp, junger Mann!", auf einen Gehstock gestützt beobachtete mich eine alte Dame und sah mich mitleidig an. „Sie wollen doch bestimmt noch nicht dahin, wo sie gerade hergekommen sind, oder?" Sie rückte ein Stück zur Seite und klopfte mit der linken Hand auf den freien Platz neben sich. „Ja, da habe ich wohl noch einmal Glück gehabt", murmelte ich und schloss die Augen. Ich zitterte am ganzen Körper und in meinem Kopf summte und brummte es, als hätte sich ein Bienenschwarm darin niedergelassen. Die Frau betrachtete mich stumm von der Seite und erhob sich ächzend als der Bus sich näherte. Ich wischte mir den Schweiß von der Stirn, stieg ebenfalls ein und suchte mir einen Sitzplatz in der Nähe der Tür im hinteren Teil des Busses. „Sind sie sicher, dass sie alleine zurechtkommen?", fragte die Seniorin, bevor sie den Knopf zum Halten drückte. Nachdem ich ihr zugenickt hatte flüsterte sie mir zu: „Kopf hoch, mein Junge. Das wird schon wieder." Verständnislos sah ich sie an, „Glauben sie mir", fuhr sie fort: „ich weiß, wovon ich spreche."

Aufmunternd lächelte sie mir zu und stieg aus. Als auch ich endlich mein Ziel erreicht hatte, ging ich auf direktem Weg in meine Wohnung.

Erschöpft von den Ereignissen dieses Tages legte ich mich mit einer warmen Wolldecke auf mein Sofa und versuchte zu schlafen. Es gelang mir nicht, immer wieder kehrten meine Gedanken zurück zu dem Gespräch mit dem Mann aus der Rechtsmedizin. Er hatte davon gesprochen, dass durch eine Einäscherung Beweise für einen unnatürlichen Tod vernichtet würden. War das auch die Motivation meines Vaters gewesen?

Plötzlich erinnerte ich mich an den Abschiedsbrief von Tim. Darin hatte er von der kriminellen Energie seiner Mutter berichtet und davon, dass unser Vater ihr die Ehe versprochen hätte, wenn sie ihm helfen würde meine Mutter ins Jenseits zu befördern. „Das ist doch kaum zu glauben!", brach es aus mir heraus. Hektisch sprang ich auf und suchte mir Tims Brief heraus, um mich zu vergewissern, ob ich mich richtig erinnerte. Voller Entsetzen fand ich mich bestätigt und Übelkeit überkam mich. Vergeblich versuchte ich meinen Brechreiz zu unterdrücken. Erst nachdem mein Magen sich vollständig entleert hatte ließen auch die Kopfschmerzen nach und ich kehrte auf mein Sofa zurück.

„Wie geht es denn nun weiter?", überlegte ich. „Sollte ich Schwester Heike zur Rede stellen und würde sie ihre Mitschuld am Tod meiner Mutter jemals zugeben?" Meine Gedanken drehten sich im Kreis, bis eine neue Frage auftauchte: „Welche Rolle spielte Paul, der Bruder meines Vaters, in dieser Angelegenheit?" Paul und ich hatten besprochen unsere Unterhaltung fortzusetzen und ich beschloss, ihn in den nächsten Tagen um einen neuen Termin zu bitten.

Den Rest des Wochenendes verbrachte ich allein mit wirren Gedanken und Gefühlen in meiner Wohnung. Wieder einmal wurde mir schmerzlich bewusst, wie einsam ich in Wirklichkeit war. Britta, meine Kollegin, zu der ich Vertrauen gefasst hatte, war auf Grund ihrer guten Leistungen in eine andere Abteilung versetzt worden. Auf Impro-Theater musste ich auch seit einiger Zeit verzichten. Hannah hatte aus persönlichen Gründen eine längere Pause angekündigt und Carolin war es streng verboten mich zu treffen.

Endlich war Montag und nach der Arbeit ging ich im Laden von Paul Schwarz vorbei. Zu meiner großen Freude stand Carolin hinter dem Verkaufstresen. „Hallo Carolin, das ist ja eine schöne Überraschung", begrüßte ich sie erfreut. Ihre Wangen röteten sich und mit nervösen Händen strich sie sich das Haar aus der Stirn und zupfte an ihrem Halstuch. „Hey Erwin, wie geht's?" und noch bevor ich antworten konnte fuhr sie mit zitternder Stimme fort: „Was kann ich für dich tun?"

Verunsichert durch ihre Nervosität antwortete ich: „Eigentlich wollte ich mit Paul einen neuen Termin vereinbaren, ist er zu sprechen?" Carolin drehte sich zur Seite und wischte sich verstohlen die Tränen ab, bevor sie mich mit traurigen Augen ansah: „Paul ist krank, Erwin, er kann im Moment nicht arbeiten." Fragend sah ich in ihr hübsches Gesicht, was sie noch verlegener werden ließ. „Ich habe ja keine Ahnung, worüber ihr gesprochen habt", flüsterte sie und räusperte sich, „aber seitdem hat Paul sich verändert. Er spricht kaum noch und wirkt oft abwesend." Carolin konnte ihre Gefühle nicht mehr zurückhalten und begann zu weinen. Im nächsten Augenblick ging die Tür zum Nebenraum auf und die ältere Mitarbeiterin stürmte in den Geschäftsraum. Tröstend legte sie ihren rechten Arm um Carolins Schultern, flüsterte ihr etwas ins Ohr und führte sie in den angrenzenden Raum. Nachdem die Frau die Tür leise wieder geschlossen hatte, sah sie mich mit strenger Miene an und sprach mit energischer Stimme: „Es ist besser, wenn Sie jetzt gehen, Herr Zuckerbein." Dabei sprach sie meinen Namen wieder aus, als würde er ihr Übelkeit verursachen. „Herr Schwarz wird sich bei Ihnen melden, sobald er dazu in der Lage ist". Bei diesen Worten sah sie mich herausfordernd an. „Ich verstehe", nickte ich und als ich Richtung Ladentür ging, drehte sie mir den Rücken zu und widmete sich dem Regal mit den Zeitschriften.

Verwirrt und traurig verließ ich das Bahnhofsgebäude und ging lustlos durch die Stadt. Beim Blick in die Schaufenster fiel mir ein, dass Tim mir empfohlen hatte mich endlich moderner zu kleiden und so für die Frauen attraktiver zu sein. Skeptisch betrachtete ich mein Spiegelbild in einem der großen Fenster eines Herrenausstatters. Ein auffälliges Räuspern riss mich aus meinen Gedanken und ich sah mich suchend um. „Diese Kombination könntest Du sicher gut tragen", eine junge Frau sah mich schelmisch lächelnd an. Zweifelnd sah ich an mir herunter, ich wusste nicht, was ich von dieser Äußerung halten sollte. Außerdem, warum duzte sie mich, wollte sie sich einen Scherz mit mir erlauben? Verunsichert schaute ich mein Gegenüber an und war verblüfft. Wunderschöne blaue Augen waren auf mich gerichtet, der Mund war leicht geöffnet und entblößte strahlend weiße Zähne. „Du glaubst mir nicht", lachte sie und ich spürte, wie ich errötete. Sanft legte sie ihre rechte Hand auf meinen Arm: „Wir kennen uns, ich bin Henrike, eine Freundin von Hannah." Fragend sah ich Henrike an und sie ergänzte: „Ich war bei der offenen Probe des Impro-Theaters dabei." Sie zwinkerte mir zu und hielt mir ihre Hand hin: „Du bist Erwin, stimmt's?" „Ja, ich bin Erwin", stotterte ich verlegen. „Es tut mir sehr leid, aber ich erinnere mich gar nicht, dich schon mal gesehen zu haben." Lachend erwiderte Henrike: „Das glaube ich dir sehr gerne, Erwin, du warst so aufgeregt und für dich waren es ja auch viele neue Gesichter. Und dann diese Übung mit Britta", sie bog sich vor Lachen und prustete los: „Die Idee, dass ihr euch auf dem Friedhof begegnen solltet kam von mir." Henrike musste sich erst beruhigen, bevor sie weitersprechen konnte: „Aber du hast dich wirklich tapfer geschlagen, damals." Vor meinem geistigen Auge tauchte die Szene mit Britta auf und auch ich musste lachen. Wieder zu Atem gekommen hörte ich Henrike sagen: „Ich bedaure sehr, dass Hannah eine längere Pause einlegen muss. Gerne hätte ich bei euch mitgemacht." „Mir fehlen die anderen Teilnehmer auch", gestand ich leise, „mir haben die Übungsabende immer sehr viel Spaß gemacht und außerdem habe ich eine Menge gelernt."

Einen kurzen Moment hingen wir beide unseren Gedanken nach, dann machte Henrike den Vorschlag, gemeinsam einen Kaffee zu trinken. Ganz in der Nähe kannte sie ein kleines gemütliches Café und vergnügt plaudernd machten wir uns auf den Weg dorthin. Vor lauter Aufregung hatte ich gar nicht gemerkt wie lange wir gegangen waren. Die Namen der Straßen hatte ich nicht beachtet und die Schaufenster, an denen wir vorüber gegangen waren, nur mit flüchtigen Blicken gestreift. Henrikes ungezwungene und fröhliche Art hatte mich völlig in ihren Bann gezogen und überrascht hörte ich sie sagen: „Wir sind da, Erwin, lass uns reingehen." Ich hielt ihr die Tür auf und köstlicher Duft nach frischen Backwaren und Kaffee strömte uns entgegen. Wir betraten einen kleinen Raum, in dem wohlige Wärme herrschte und in dem ich mich sofort geborgen fühlte.

Alte Möbel verschiedener Stilrichtungen gaben dem Raum eine heimelige Atmosphäre. Stühle mit runden oder eckigen Lehnen, deren Sitzflächen teils gepolstert oder aus Rattan geflochten waren, standen um mehrere Tische verteilt im Gastraum. Gegenüber der Eingangstür lud ein altes dunkelrotes Plüschsofa mit geschwungener Rücklehne zum Platz nehmen ein. Die Armlehnen erinnerten an dicke Rollen und deren Abschlüsse an aus Holz geschnitzte Schnecken. Die Füße bestanden aus wuchtigen hölzernen Kugeln. Davor stand ein antiquarischer Eichenholztisch, dem man ansehen konnte, dass er schon viel mitgemacht hatte. Auf der Tischplatte waren Dellen und Kerben und auch die Beine wiesen einige Blessuren auf. Henrike steuerte auf einen kleinen runden Marmortisch in der rechten Ecke des Lokals zu. Dort standen zwei große Ohrensessel und sie fragte: „Wo möchtest du sitzen, Erwin?" Mit einem Lächeln schaute sie mich an: „Ich mag am liebsten den mit dem Blümchenmuster. Ist es okay für dich, wenn du den Sessel mit dem Streifenmuster nimmst?" Beeindruckt von der gediegenen Atmosphäre konnte ich nur zustimmend nicken. Auf dem Tisch lag ein Spitzendeckchen und in der Mitte stand eine winzige Blumenvase mit Blüten, deren Namen ich nicht kannte. Glücklich strahlte Henrike mich an: „Dies ist mein absolutes Lieblingscafé, ich bin oft hier." Ich ließ meinen Blick durch das Zimmer schweifen und entdeckte zu meiner großen Verwunderung an der gegenüberliegenden Wand ein langes Bord voller alter Kaffeekannen. „Gefällt es dir hier?", hörte ich Henrike fragen und sie sah mich erwartungsvoll an. Bevor ich antworten konnte trat die Bedienung an unseren Tisch, begrüßte uns freundlich und fragte nach unseren Wünschen. „Ich hätte gerne eine heiße Schokolade mit Sahne", bestellte Henrike und an mich gewandt fuhr sie fort: „Die musst du unbedingt probieren, Erwin, die ist echt lecker!" Die Kellnerin sah mich an und ich nickte ihr zu: „Bitte bringen Sie mir auch einen Kakao mit Schlagsahne." Henrike entschuldigte sich, sie müsste sich dringend die Hände waschen und ich nutzte die Gelegenheit und sah mich erneut um. In einer antiken Vitrine mit Glastüren im oberen Teil entdeckte ich alte geschliffene Gläser in verschiedenen Größen. In einem anderen Schrank waren Teller und Tassen ausgestellt, die irgendwann modern gewesen sein mussten. Vieles davon kam mir bekannt vor, aber woher nur? „Na, Erwin, du bist ja geradezu fasziniert von all den Schätzen hier", erschrocken zuckte ich zusammen, Henrike war zurückgekommen und ich hatte es nicht bemerkt. „Entschuldige bitte", stammelte ich, „du hast Recht. All diese schönen Sachen erinnern mich an etwas, aber ich kann nicht sagen woran." Die Serviererin trat an unseren Tisch und brachte unsere Getränke, die einen verführerischen Duft verströmten. „Haben Sie sonst noch einen Wunsch?", erwartungsvoll sah sie von einem zu anderen. „Im Moment nicht", erwiderte ich, „wir melden uns, wenn wir noch etwas brauchen." Den heißen Kakao durch die kühle Sahne zu schlürfen war ein Genuss und nachdem ich mir den Schaum von der Oberlippe geleckt hatte wandte ich mich Henrike zu: „Vielen Dank, Henrike, das war eine wunderbare Empfehlung. Ich glaube hier werde ich in Zukunft häufiger vorbeischauen." „Es freut mich sehr, dass ich deinen Geschmack getroffen habe", strahlte Henrike mich an. „Dieses Café gibt es noch nicht lange und die Wirtin hat es anfangs sehr schwer gehabt". Erstaunt sah ich sie an und Henrike erzählte weiter: „Na ja, die Konkurrenz ist groß, die Mieten sind hoch und die Einrichtung und alles was dazu gehört kostet auch sehr viel Geld." Erneut ließ ich meinen Blick durch den Raum schweifen: „Die Möbel sehen doch alle gebraucht aus", gab ich zu bedenken. „Ja, die Inhaberin hat sich das Inventar auf Flohmärkten, bei Trödlern oder auch vom Sperrmüll zusammengesucht. Dann wurden die Teile aufgearbeitet und bei Bedarf neu gepolstert." Als sie meinen verwunderten Ausdruck bemerkte fuhr sie mit gedämpfter Stimme fort: „Du glaubst ja nicht was die Leute alles wegwerfen. Manche geben auch ein Inserat in der Zeitung auf und teilen mit wann eine Haushaltsauflösung stattfindet". Triumphierend hielt sie einen kleinen Löffel hoch, mit dem sie vorher von ihrer Sahne genascht hatte. „Das Geschirr und dieses schöne Silberbesteck wären auch um ein Haar auf dem Müll gelandet." Nachdenklich nahm ich meinen Kaffeelöffel in die Hand und betrachtete ihn von allen Seiten, als ich plötzlich eine Uhr schlagen hörte. Sofort sprang ich aus meinem Sessel auf und sah mich suchend um. Dann entdeckte ich sie, eine große alte Standuhr, in deren oberem Teil das reich verzierte Zifferblatt zu sehen war. Im unteren Bereich, hinter einer Glasscheibe bewegte sich das Pendel und zwei Gewichte hingen an Ketten auf halber Höhe. Der dunkle Ton, der die volle Stunde verkündet hatte, erfüllte noch den ganzen Raum und fasziniert schaute ich auf das hin und her schwingende Pendel. Augenblicklich fühlte ich mich in meine Kindheit zurückversetzt. Im Haus meiner Großeltern hatte es eine ganz ähnliche Uhr gegeben. In Gedanken sah ich mich staunend danebenstehen, wenn mein Opa am Sonntag die Uhr aufzogen hatte. Eine sanfte Berührung am Arm riss mich aus meinen Erinnerungen: „Ist alles in Ordnung, Erwin?", hörte ich Henrike leise fragen. Mit vor Aufregung geröteten Wangen drehte ich mich zu ihr um: „Ja, es ist alles gut. Diese Standuhr erinnert mich total an meine Kindheit, meine Großeltern hatten auch so eine schöne in ihrem Haus." Meine Stimme überschlug sich fast als ich erneut zu sprechen begann: „Daran habe ich ja seit Ewigkeiten nicht mehr gedacht. Nun weiß ich auch woran mich dieser Stuhl erinnert." Ich zeigte auf ein Exemplar aus gebeizter Eiche, dessen Lehne mit aufwendigen Schnitzereien verziert war. Langsam kehrten wir an unseren Tisch zurück und auf dem Weg dorthin bemerkte ich alte Schwarz-Weiß-Fotografien an den Wänden. Die Menschen auf den Fotos kannte ich nicht, aber die Frisuren und die Kleidung, die sie trugen, ließen mich ebenfalls an meine Kinderzeit denken. „Du scheinst sehr genaue Erinnerungen an deine Oma und deinen Opa zu haben", hörte ich Henrike sagen. „Ja, das stimmt", ich hatte einen dicken Kloß im Hals, „in den Ferien und an den Feiertagen war ich sehr oft bei ihnen zu Besuch und ich habe die Zeit in ihrem Haus immer sehr genossen." Tränen traten mir in die Augen. „Ich glaube, ich lasse dich jetzt lieber allein, Erwin", Henrike gab mir die Hand. „Es war schön dich getroffen zu haben und ich wünsche dir alles Gute." Bevor sie das Café verließ winkte sie mir noch einmal aufmunternd lächelnd zu. Nachdem ich den letzten Schluck getrunken hatte machte ich mich auf den Heimweg, der Besuch im Café hatte unerwartete Erinnerungen in mir geweckt.

In meiner Wohnung angekommen ließ ich meinen Emotionen freien Lauf und weinte hemmungslos. Viel zu lange hatte ich meine Erinnerungen und meinen Schmerz unterdrückt. Plötzlich fiel mir ein Satz ein, den mein Großvater mir kurz vor seinem Tod mit auf den Weg gegeben hatte: „Erwin, du musst loslassen, dann hast du die Hände frei für neues." Damals hatte ich die Bedeutung seiner Worte nicht verstanden und er hatte mir erklärt, dass ich mich mit Dingen abfinden musste, die ich nicht ändern konnte. „Das du deine Mutter schmerzlich vermisst ist nur natürlich", hatte er kaum hörbar geflüstert. „Aber du musst dich an die Tatsache gewöhnen, dass sie nicht mehr da ist." Tröstend hatte er meine Hand gestreichelt, während er sehr langsam sprach: „Das ist nun mal der Lauf der Welt, mein Junge und du machst es dir unnötig schwer, wenn du nicht mit deiner Trauer abschließen kannst." Nachdem er vorsichtig meine Tränen abgewischt hatte, sah er mir in die Augen und sprach mit letzter Kraft: „Das Leben hat dir so viel Schönes zu bieten, aber du darfst dich nicht davor verschließen. Mache einen Schlussstrich unter die Vergangenheit und blicke voller Freude und Zuversicht in die Zukunft."

Nach diesen Worten hatte er mich mit einer schwachen Handbewegung aufgefordert zu gehen, er wollte alleine sein. Bald darauf war er für immer friedlich eingeschlafen.

Die Erinnerungen an meine Kindheit trafen mich mit solcher Wucht, wie ich es nie für möglich gehalten hätte.

Die Gewissheit, dass niemand da war, mit dem ich meinen Schmerz hätte teilen können verschlechterte meine Stimmung zusätzlich. Um meine Nerven zu beruhigen machte ich mir eine heiße Milch mit Honig. Auf Alkohol verzichtete ich ganz bewusst. Die Angst wie mein Vater zum Alkoholiker zu werden, hielt mich davon ab Spirituosen zu konsumieren. Dieser Gedanke an meinen alten Herrn machte die Wirkung meines Schlummertrunks zu Nichte. Verzweifelt ging ich ins Bett und versuchte nicht an die Erlebnisse in meinem Elternhaus zu denken. Es gelang mir nicht und ruhelos wälzte ich mich von einer Seite auf die andere. Dann fasste ich einen Entschluss, machte das Licht an und holte die Kladde hervor, die ich als Tagebuch verwendet hatte. Mit dem Kissen im Rücken setzte ich mich an das Kopfende und begann zu schreiben. Der Stift in meiner Hand flog über das Papier und ich ließ es zu, ohne über Details nachzudenken oder auf die Rechtschreibung zu achten. Nachdem ich etliche Seiten gefüllt hatte spürte ich, dass ich langsam ruhiger wurde. Mein Körper zitterte vor Kälte und Erschöpfung. Mit wackligen Beinen schlurfte ich ins Badezimmer, setzte mich auf die Toilette, stützte meine Ellenbogen auf und vergrub mein Gesicht in den Händen. Erneut schüttelte mich ein Weinkrampf, mein Magen rebellierte und mein Herz raste. Als ich mich endlich wieder etwas entspannt hatte, schlich ich in mein Bett zurück. Ich löschte das Licht und schloss die Augen. Plötzlich spürte ich, wie mir eine Hand leicht über die Haare strich, so wie mein Opa es immer getan hatte, wenn er mich trösten wollte. Mir stockte der Atem, und ich wagte nicht mich zu bewegen. Dann hörte ich seine sanfte Stimme: „Du musst loslassen, Erwin, dann wird alles gut."

Erschrocken riss ich die Augen auf und starrte in die Dunkelheit. Nun sah ich das Gesicht meines Großvaters vor mir, seine freundlichen Augen, seinen gepflegten Bart und sein gütiges Lächeln. Ich war wie gelähmt und noch bevor ich etwas sagen konnte verblasste das Bild und verschwand schließlich ganz. In mir breitete sich eine wohlige Wärme aus und ich fragte mich, was das alles zu bedeuten hatte. Hätte ich Alkohol getrunken, hätte ich dieses Erlebnis seiner Wirkung zugeschrieben.

Opa Wilhelm und ich hatten uns immer sehr nahegestanden. Da mein Vater seinen Pflichten nicht nachgekommen war, war er meine männliche Bezugsperson gewesen. Bestand diese Verbindung sogar noch über seinen Tod hinaus? Mit dem Gedanken, dass es zwischen Himmel und Erde viele Dinge gibt, die wir mit unserem Verstand nicht erklären können, schlief ich endlich ein.

Wenige Tage später bekam ich einen handgeschriebenen Brief. Als Absender waren nur die Buchstaben P und S angegeben.

Erschrocken hielt ich den Atem an und Furcht überkam mich. Sofort waren die Erinnerungen an die anonymen Briefe wieder präsent. Meine Gedanken überschlugen sich, wer kannte meine Adresse und wer machte sich die Mühe mir eine handschriftliche Mitteilung zu schicken? Ich legte den Umschlag auf den Tisch in der Küche und setzte mich ins Wohnzimmer. Mein Versuch die Zeitung zu lesen scheiterte, ich konnte mich nicht darauf konzentrieren.

Ängstlich kehrte ich in die Küche zurück, nahm ein Messer und öffnete das Kuvert. Mit zitternden Fingern faltete ich den Bogen auseinander. Nur mit Mühe gelang es mir den Inhalt des Schreibens zu entziffern. Die Schrift machte den Eindruck als hätte der Verfasser große Schwierigkeiten gehabt seine Gedanken und Gefühle in Worte zu fassen. Mit umständlichen Worten teilte Paul Schwarz mir mit, dass er seinen Laden verkauft habe und dass er mit Carolin in eine andere Stadt ziehen würde. Das Gespräch mit mir hatte seine Vergangenheit wieder lebendig werden lassen. Die Erinnerungen hatten ihn aus der Bahn geworfen und erneut Zweifel an der Vaterschaft von Carolin aufkommen lassen. Wörtlich schrieb er: „Erwin, ich bitte Dich um Verständnis für diese Entscheidung. Carolin sicht in mir ihren Vater und wir wollen ein neues Leben beginnen, an einem Ort, an dem uns keiner kennt." Weiter betonte er, dass er keine weiteren Antworten auf meine Fragen geben könne. Er und sein Bruder hätten über viele Jahre keinen Kontakt gehabt und er habe auch meine Mutter nicht gekannt. Erst als Anton in ernsthaften finanziellen Schwierigkeiten gesteckt hatte, habe er sich an Paul erinnert und ihn um Hilfe gebeten. „Wenn ich gewusst hätte, dass Anton meine Familie zerstört, hätte ich ihm jede Unterstützung verweigert."

In diesem Absatz waren einige Buchstaben verlaufen, als wären Tränen darauf gefallen. Am Ende des Schreibens teilte Paul mir die Anschrift und die Telefonnummer von Schwester

Heike mit. Er schrieb, er sei sicher, dass Heike mir Auskunft geben könnte, wenn sie denn wollte.

„Schwester Heike kann mir helfen, wenn sie denn will", dieser Gedanke beschäftigte mich lange und ich versuchte mit ihm meine Trauer über den Verlust von Carolin zu verdrängen.

In den nächsten Tagen las ich den Brief von Paul wieder und wieder. Paul und Carolin waren meine einzigen Verwandten und ich war nicht in der Lage Kontakt zu ihnen zu halten. Um mir Gewissheit zu verschaffen ging ich im Bahnhof vorbei und beobachtete das Treiben im Zeitschriftenladen. Auf den ersten Blick schien alles unverändert, die ältere Frau stand hinter dem Tresen und es herrschte ein ständiges Kommen und Gehen. Erst bei genauerem Hinsehen bemerkte ich das neue Schild über der Eingangstür. Das Geschäft war von einer großen Ladenkette übernommen worden, Paul hatte es also tatsächlich verkauft.

Um mich abzulenken fuhr ich ins Tierheim und wollte nach den Hunden sehen. Zu meinem großen Erstaunen waren die Zwinger, in denen meine vierbeinigen Freunde gelebt hatten, leer. Mit einem flauen Gefühl im Magen ging ich ins Büro, um mich nach ihrem Verbleib zu erkundigen. „Hallo, Herr Zuckerbein, schön sie zu sehen!", wurde ich freudig von der Mitarbeiterin des Heims begrüßt. Auf meine Frage nach den Hunden veränderte sich ihr Gesichtsausdruck und sie sah mich traurig an. „Leider mussten wir die Tiere einschläfern lassen."
Die Frau kämpfte mit den Tränen, räusperte sich und fuhr mit stockender Stimme fort: „Unser Tierarzt konnte nichts mehr für sie tun. Irgendjemand muss ihnen vergiftete Leckerlies gegeben haben." Sie wischte sich die Tränen aus dem Gesicht: „Wer macht sowas bloß, Herr Zuckerbein?" Mit geröteten Augen sah sie mich an: „Die Menschen, die sich um unsere Schützlinge kümmern kommen alle schon lange zu uns. Es

sind doch Tierfreunde und die armen Hunde haben doch niemandem etwas getan!" Fassungslos starrte ich sie an, ich konnte ihre Frage nicht beantworten. Verständnislos schüttelte ich den Kopf, dies war ein weiterer Tiefschlag, der mich getroffen hatte. „Das tut mir unendlich leid", stammelte ich und fragte leise: „Wie viele Tiere sind denn vergiftet worden?" Wieder trocknete sich meine Gesprächspartnerin die Augen, bevor sie antwortete: „Nur die beiden. Sie waren die einzigen, wir können uns das überhaupt nicht erklären." Sie schluchzte laut auf: „Es waren doch unsere Lieblinge." Auch ich rang um Fassung und wir gaben uns wortlos die Hand. Mit einem traurigen Nicken verabschiedete ich mich und schloss leise die Tür hinter mir. Noch einmal ging ich zu den Käfigen und starrte stumm hinein. Nun war mir auch noch diese Freude genommen worden. War es Zufall oder war es Absicht gewesen, dass es ausgerechnet diese Hunde getroffen hatte, die mir so sehr am Herzen lagen? Traurig machte ich mich auf den Heimweg.

Als ich das Haus betrat hörte ich, wie eine der Wohnungstüren mit einem lauten Knall geschlossen wurde. Gleich darauf vernahm ich die aggressive Stimme von Hilde und darauf das Geschrei von Eduard. So schnell ich konnte ging ich in meine Wohnung und schloss leise die Tür hinter mir. In der Küche fiel mein Blick auf den Brief von Paul Schwarz und ich erinnerte mich, dass er mir empfohlen hatte, mich mit Schwester Heike in Verbindung zu setzen. Bei dem Gedanken an Tims Mutter lief mir ein kalter Schauer über den Rücken. Wir waren uns einige Male im Tierheim begegnet. Sollte sie etwas mit den Vorfällen dort zu tun haben? Tim hatte einmal von der kriminellen Energie seiner Mutter gesprochen und durch ihre Arbeit im Krankenhaus hatte sie Zugang zu Medikamenten und Drogen.

Der frühe Tod meiner Mutter kam mir plötzlich in den Sinn. Sie hatte den Verdacht geäußert, dass mein Vater ihr Medizin gegeben hatte, die ihr Schaden zufügte, um sie so langsam zu vergiften. Erst viel später hatte ich erfahren, dass mein alter Herr und Schwester Heike ein Paar gewesen waren. Hatte Heike mit gestohlenen Medikamenten Ihren Beitrag zum Tod meiner Mutter geleistet, um Anton für sich zu haben? Wer dazu beitrug einen Menschen zu töten, hätte sicher auch keine Skrupel Hunde ins Jenseits zu befördern. Bei diesem Gedanken drehte sich mir der Magen um und ich lief ins Bad, wo ich mich übergab.

Nachdem ich mich etwas beruhigt hatte nahm ich das Schreiben von Paul Schwarz und starrte auf den Absatz mit den Daten von Schwester Heike.

Meine Gedanken drehten sich im Kreis, ich musste dringend mit ihr sprechen, aber wie sollte ich vorgehen und wie würde sie reagieren?

Lange hatte ich darüber nachgedacht auf welchem Weg und unter welchem Vorwand ich Kontakt zu Heike aufnehmen könnte. Dann fielen mir unsere Begegnungen im Tierheim wieder ein und ich beschloss, den Tod der Hunde als Anlass für meinen Anruf zu nehmen. Mehrfach hinterließ ich eine Nachricht mit der Bitte um Rückruf auf Heikes Anrufbeantworter, aber sie meldete sich nicht. Der Brief, den ich ihr daraufhin geschrieben hatte, kam mit dem Vermerk „Annahme verweigert" zurück.

Ich hatte schon überlegt, ob ich aufgeben sollte, als sie sich doch noch telefonisch meldete. Ihre Stimme klang gereizt als sie mich fragte: „Erwin, was soll das, warum belästigst du mich ständig?" Ein Hustenanfall zwang sie eine Pause zu machen und ich hörte, wie sie etwas trank und gleich darauf genussvoll stöhnte. „Hast du schon gehört, dass jemand im Tierheim einige Hunde vergiftet hat", fragte ich und versuchte meine Aufregung zu verbergen. Ein schrilles Lachen drang an mein

Ohr und sie fragte empört: „Deshalb rufst du mich an? Das kann ich nicht glauben. Hast du keine anderen Sorgen?"

Wieder vernahm ich ein Schluckgeräusch. „Tim hatte völlig recht, Erwin, du bist ein totaler Schwächling!"

Mir zitterten die Knie, ich musste mich an der Tischkante festhalten und mich auf einen Stuhl setzen. „Aber wir sind uns doch einige Male im Tierheim begegnet, stotterte ich, „ich dachte du magst Hunde…". „Der Grund, warum ich diese Strapazen auf mich genommen habe war ein völlig anderer", ihre Stimme klang triumphierend: „Tim hat mir erzählt, dass du da zu finden bist. Ich wollte mir selbst einen Eindruck von dir verschaffen, nachdem Tim mir berichtet hatte, dass du das genaue Gegenteil von eurem Vater bist." Heike lachte verächtlich und dieses Lachen versetzte mir einen Stich ins Herz. Trotzdem nahm ich all meinen Mut zusammen: „Heike, damals als Tim im Krankenhaus lag hatten wir vereinbart, dass wir uns persönlich unterhalten wollten, erinnerst du dich? Wann passt es dir?" Ein abfälliges Schnauben war zu hören: „Was versprichst du dir davon? Ich weiß wirklich nicht wozu das gut sein soll." Wieder trank sie einen Schluck: „Ich halte das für reine Zeitverschwendung." Mein Eindruck, dass Heike während unseres Telefongesprächs Alkohol zu sich nahm, verstärkte sich. Ihre Sprache wurde schwerfälliger und undeutlicher. „Du hast meinen Vater doch sehr gut gekannt, und ich weiß fast gar nichts über ihn." Ich musste tief Luft holen, bevor ich weiterreden konnte: „Ich wüsste gerne, was für ein Mensch er war." Indem ich mir fest in den Arm kniff versuchte ich meine Tränen zu unterdrücken. Wieder hustete Heike, diesmal hatte ich den Eindruck, dass sie sich verschluckt hatte. „Du wirst Anton nie das Wasser reichen können, selbst wenn du dich noch so anstrengst", schrie sie mich an.

Ich war in Versuchung das Gespräch zu beenden, als ich sie mit müder Stimme sagen hörte: „Also von mir aus. Paul, der Feigling, hat ja einfach das Weite gesucht und sich damit aus der Affäre geschlichen." Einen Moment lang schwiegen wir beide, dann fragte sie unwillig: „Hast du dir Gedanken gemacht, wo das Treffen stattfinden soll?" „Ich schlage einen neutralen Ort vor", entgegnete ich und nannte ihr das Café, in dem ich mit Henrike gewesen war. Die Atmosphäre dort hatte mir ein Gefühl von Sicherheit und Geborgenheit gegeben. Zu meiner großen Verwunderung nahm Heike meinen Vorschlag sofort an, wir vereinbarten einen Zeitpunkt und beendeten unser Telefonat. Mit weichen Knien ging ich in die Küche und notierte mir mit zitternden Fingern den Termin im Kalender.

Wie würde unsere Begegnung verlaufen und würde ich wirklich etwas über meinen Vater erfahren? Ich widerstand der Versuchung mir das Päckchen, mit den Hinterlassenschaften meines alten Herrn erneut anzuschauen. Um auf andere Gedanken zu kommen zog ich meine Regenjacke an und machte mich auf den Weg in den Park.

Der starke Wind peitschte mir die Regentropfen ins Gesicht und innerhalb kurzer Zeit war meine Hose durchnässt und aus meinen Schuhen trat bei jedem Schritt Wasser aus. Trotzdem setzte ich meinen Weg fort, bis sich mein Herzschlag normalisiert hatte und mein Körper sich entspannte.

In meine Wohnung zurückgekehrt wechselte ich die Kleidung, machte mir einen Tee und kuschelte mich mit einer warmen Wolldecke auf mein Sofa. Augenblicklich kreisten meine Gedanken wieder um das Gespräch mit Schwester Heike.

Dann war es endlich soweit, mit einem Kribbeln im Magen und schweißnassen Händen betrat ich das Café. Um frei entscheiden zu können an welchem Tisch ich sitzen wollte, hatte ich mich rechtzeitig auf den Weg gemacht. Ich wählte die Sitzgruppe, in der ich auch mit Henrike gesessen hatte und bat die Kellnerin mit der Bestellung warten zu können, bis meine

Verabredung da sei. Mit zehnminütiger Verspätung betrat eine ältere Frau das Lokal und sah sich suchend um. Eine große Sonnenbrille verdeckte einen beträchtlichen Teil ihres Gesichts. Die Wangen waren eingefallen und die Mundwinkel zeigten nach unten, was ihr einen verkniffenen Ausdruck verlieh. Ihre Haare klebten strähnig an ihrem Kopf und erweckten den Eindruck als hätte sie vergessen sich zu kämmen. Sie trat an meinen Tisch und nahm für einen kurzen Moment die Brille ab, kniff die Augen zusammen und starrte mich aus schmalen Schlitzen an. Ein kalter Schauer lief mir über den Rücken als ich ihre grimmige Stimme hörte: „So, Erwin, dann lass uns zur Sache kommen, ich habe nicht ewig Zeit." Die Bedienung erschien und sah mich verwundert an, bevor sie nach unseren Wünschen fragte. Ich bestellte mir ein Wasser und Heike forderte sie auf, ihr ein Glas Rotwein zu bringen. Dann sah sie mich lauernd an: „So, was willst du wissen?" Unsere Getränke wurden gebracht und ich wartete, bis die Serviererin außer Hörweite war. „Heike, ich wüsste so gerne was für ein Mensch mein Vater war", fragte ich leise, „ich habe kaum Erinnerungen an ihn". „Anton war egoistisch und berechnend!", platzte es wütend aus ihr heraus. „Er hat die Menschen benutzt, um sich Vorteile zu verschaffen und wenn er sein Ziel erreicht hatte, hat er sie einfach fallen gelassen und sich andere Opfer gesucht." „Opfer", meine Stimme zitterte bei diesem Wort. „Ja, du hast mich genau richtig verstanden", schlürfend trank sie von ihrem Wein, „auch ich bin auf ihn hereingefallen. Leider habe ich es erst zu spät gemerkt." Während sich Heike geräuschvoll die Nase schnäuzte fing ich einen irritierten Blick der Frau hinter dem Tresen auf. Sie polierte gelangweilt Gläser, aber da wir die einzigen Gäste waren, hörte sie uns scheinbar interessiert zu. Heike machte eine abweisende Handbewegung und fuhr verärgert fort: „Anton hat mir vorgegaukelt, dass ich seine ganz große Liebe wäre und das er mit mir ein neues Leben beginnen wollte." Sie schluckte und starrte in ihr Weinglas. Ihre Stimme vibrierte als sie weitersprach: „Es gab nur eine Schwierigkeit, er hatte eine Ehefrau und ein Kind mit ihr. Eines Tages bat er mich, ihm bei der Lösung seines Problems zu helfen." Ihre Hände zitterten: „Er überredete mich, Medikamente auf meiner Station zu entwenden." Die Bedienung, die diesen Satz gehört haben musste, blickte misstrauisch zu uns herüber. Heike sah in meine Richtung, aber durch die Sonnenbrille waren ihre Augen verdeckt. „Anfangs habe ich mich geweigert, aber Anton hat mir vorgeworfen, dass ich ihn nicht wirklich lieben würde." Sie schluchzte und flüsterte mit heiserer Stimme: „Schließlich habe ich nachgegeben, weil ich wusste, dass ich ein Kind von ihm erwartete."

Sie rutschte unruhig in ihrem Sessel hin und her. „Seiner Forderung die Schwangerschaft abbrechen zu lassen bin ich nicht nachgekommen. Zu verlockend war die Vorstellung Anton zu heiraten und zukünftig als Arztgattin zu leben." Ihr Gesicht verzog sich zu einer Grimasse: „In Wirklichkeit hat er mich belogen, er war gar nicht an mir interessiert. Er machte mir sehr schnell klar, dass alle von Liebe reden, weil es ja so schön klingt." Sie seufzte tief: „Aber in Wahrheit ist jeder nur auf seinen Vorteil bedacht." Gerade wollte ich nachfragen, was mein Vater damit gemeint haben könnte, als Heike ihren rechten Zeigefinger hob und es aus ihr herausplatzte: „Ich kenne keinen Menschen, der im anderen nicht nur nach etwas sucht, was sein eigenes Leben einfacher und bequemer macht."

Ein verächtliches Lachen entrang sich ihrer Kehle: „Jeder der so genannten Partner versucht den größeren Vorteil für sich herauszuschlagen. Mit anderen Worten, einer versucht den anderen auszubeuten." Ich konnte nicht glauben was ich gehört hatte und suchte nach Worten.

Nachdem wir eine Weile geschwiegen hatten fragte ich leise: „Heike, was hat dich mit Anton verbunden? Waren es materielle Interessen?" Sie zuckte zusammen und antwortete mit schriller Stimme: „Dein Herr Vater hat mich erpresst, Erwin. Er hat mir gedroht mich anzuzeigen, wenn ich keine Tabletten und Drogen mehr für ihn besorgen würde." Sie lehnte sich zurück und knetete nervös ihre Hände. „Als ich ihn an sein Eheversprechen erinnert habe, hat er mich ausgelacht und gesagt, er sei doch nicht verrückt."

Ich fing einen angewiderten Blick der Serviererin auf während Heike erneut zu sprechen begann: „Anton zitierte ganz begeistert einen österreichischen Dichter, der ihm total aus der Seele gesprochen habe. In meinen Augen ist das ein durch und durch frauenverachtender Kerl gewesen!" Heike wischte sich verstohlen die Tränen vom Gesicht und ich erinnerte mich an einen der Verse eines gewissen Nestroy, die ich im Nachlass meines Vaters gefunden hatte:

„Wir sollten unser Herz nicht an so vergängliche Kreaturen hängen", *sagte der Witwer beim Tode seiner Frau.*

Übelkeit stieg in mir auf, ich trank hektisch einen großen Schluck von meinem Wasser und entschuldigte mich bei Heike: „Ich möchte mir eben die Hände waschen, ich bin gleich zurück." Als ich am Tresen vorbei ging wandte mir die Bedienung den Rücken zu und ich blieb einen Moment lang an der Tür zu den Toiletten stehen. Heike hatte einen Platz, von dem aus sie den Raum nicht überblicken konnte und ich sah zu ihr herüber. Mir stockte der Atem: Heike wühlte hektisch in ihrer Handtasche, beugte sich über den Tisch und tat etwas in mein Wasserglas.

Ich schüttelte den Kopf, um mich zu vergewissern, dass ich nicht träumte. Nachdem ich mir das Gesicht mit kaltem Wasser gewaschen hatte, ging ich mit zitternden Knien an unseren Tisch zurück. Neugierig sah Heike mich an: „Ist alles in Ordnung, Erwin, du siehst auf einmal so blass aus. Ich denke du solltest mehr trinken." Ich nickte stumm und winkte der

Kellnerin, die gespannt zu uns herübersah. Als sie fragte ob wir noch einen Wunsch hätten bat ich um eine heiße Schokolade mit Sahne. Heikes fragenden Blick beantwortete ich um Gelassenheit bemüht mit der Aussage: „Die ist echt lecker hier, die solltest du auch einmal probieren." „Aber du hast dein Wasser doch noch gar nicht ausgetrunken", sie wies mit der rechten Hand auf mein halbvolles Glas. „Mir ist nach etwas warmem zumute", antwortete ich und bat die Bedienung das Kaltgetränk abzuräumen. „Wo waren wir stehen geblieben?", Heike klang verärgert. „Bei Antons Weigerung sein Eheversprechen zu halten", erwiderte ich leise. „Ach ja", stöhnte Heike vernehmlich und stützte ihren Kopf in die linke Hand. „Es gab immer häufiger Streit und er hat mich an die Beihilfe zum Mord an seiner Frau, deiner Mutter, erinnert. Ich habe ihn darauf hingewiesen, dass Rückstände von Giften und Medikamenten noch Jahre nach dem Tod eines Menschen in dessen Knochen nachgewiesen werden können." Heike hob ihren Kopf, sah in meine Richtung und sagte triumphierend: „Ich habe Anton gesagt, dass ich wohl kaum die Person gewesen sein kann, die seiner Frau das Gift verabreicht hat." Mir wurde schwindlig als Heike weiterredete: „Anton hat sich über mich lustig gemacht und mich gefragt, warum er wohl dafür gesorgt hätte, dass deine Mutter eingeäschert worden ist." Tränen stiegen mir in die Augen und ich sank tiefer in meinen Sessel. Ich spürte, dass Heike mich anstarrte: „Du wolltest es wissen, Erwin."

Nach kurzer Pause fuhr sie mit krächzender Stimme fort: „Du bist alt genug um zu wissen, dass man nie nach Dingen fragen soll, die man in Wirklichkeit nicht wissen will." Ihre Gesichtsmuskeln zuckten und sie stammelte: „Ich habe große Schuld auf mich geladen, aber ich würde immer wieder so handeln." Plötzlich griff sie sich mit beiden Händen an die linke Seite ihrer Brust und stöhnte: „Ich habe nichts mehr zu verlieren, Erwin." Gleich darauf ertönte ein lauter Schrei und

Heike fiel mit dem Kopf auf die Tischplatte. Vor Schreck schrie auch ich laut auf und nahm nur verschwommen wahr, dass die Kellnerin an unseren Tisch gerannt kam. In der Hand hielt sie ihr Telefon und bestellte einen Rettungswagen. Als der Notarzt wenige Minuten später eintraf konnte er nichts mehr für Heike tun. Ich stand völlig unter Schock und konnte den herbeigeeilten Polizeibeamten keine konkreten Angaben machen. Nachdem sie die Daten von meinem Personalausweis notiert hatten befragten sie auch die Mitarbeiterin des Cafés. Da wir während der ganzen Zeit die einzigen Gäste gewesen waren, hatte sie Zeit und Gelegenheit gehabt uns zu belauschen. Sie berichtete, dass sie Heike dabei beobachtet hatte, dass sie einige Tropfen einer klaren Flüssigkeit in mein Wasserglas geträufelt hatte. Einer Eingebung folgend hatte sie den Inhalt meines Glases nicht weggeschüttet und stellte ihn den Beamten zur Verfügung. Kurz bevor ich aus dem Waschraum zurück gekehrt war hatte sie außerdem gesehen, dass Heike sich etwas in den Mund steckte.

Nachdem der Notarzt den Tod von Heike festgestellt hatte sah er mir prüfend ins Gesicht, fühlte meinen Puls und gab mir eine Beruhigungsspritze. Dann empfahl er mir einige Tage absolute Ruhe und bat die Polizeibeamten mich nach Hause zu begleiten.

Mehrere Tage verkroch ich mich in meiner Wohnung, konnte weder essen noch schlafen und ging auch nicht ans Telefon.

Die ersten Versuche meine Gedanken und Gefühle in meinem Tagebuch festzuhalten scheiterten kläglich.

Als ich doch endlich einen Anfang gefunden hatte, flossen nicht nur meine Emotionen, sondern auch die aufgestauten Tränen unaufhaltsam aus mir heraus. Ich fühlte mich leer und ausgebrannt und fragte mich, ob das Leben für mich überhaupt noch einen Sinn hätte.

In dieser trüben Stimmung machte ich mich auf den Weg

zum Friedhof. Als erstes besuchte ich das Grab meiner Großeltern im Schatten einer mächtigen Buche. Eine seltsame Ruhe
überkam mich als die Sonne durch die Blätter schien und der
Wind diese leise rauschen ließ. In den Zweigen zwitscherten
Vögel und verstärkten mit ihrem Gesang die friedvolle Atmosphäre.

Ich stellte einen frischen Blumenstrauß vor den Gedenkstein
und verweilte noch einige Zeit im Andenken an meine geliebten Verstorbenen. „Oma und Opa, ich danke euch für alles,
was ihr für mich getan habt", flüsterte ich leise.

In Gedanken versunken ging ich weiter zu dem Abschnitt
mit den namenlosen Gräbern, wo meine Mutter beerdigt worden war. Dieser Bereich bestand aus einer großen Rasenfläche, Gedenksteine oder andere Hinweise auf Menschen, die
hier bestattet worden waren, gab es nicht. Ich setzte mich auf
eine der umstehenden Bänke und ließ meinen Blick über die
Grünanlage schweifen: „Mama, warum musstest du mich nur
so früh verlassen?", schluchzte ich. „Ich war doch noch viel zu
jung, um dich vor Anton zu beschützen." Ein Weinkrampf
schüttelte mich und ich zitterte am ganzen Körper. Als ich
mich endlich beruhigt hatte verließ ich mit langsamen Schritten und schwerem Herzen den Friedhof.

.

Epilog

Die Ermittlungen zu dem Mordversuch an mir und dem Suizid von Schwester Heike zogen sich in die Länge. Während dieser Zeit war ich nicht in der Lage zu arbeiten. Die sich ständig wiederholenden Fragen nach meiner Vergangenheit, meiner Familie und der Beziehung zu Heike quälten mich. Zu meinem Glück hatte Heike laut genug gesprochen, dass die Bedienung jedes ihrer Worte verstanden hatte. Ihre Aussage und das vergiftete Wasser entlasteten mich und der Verdacht, dass ich Heike umgebracht haben könnte, erwies sich als haltlos. Einige Details aus dem Nachlass meines Vaters konnten selbst durch die Nachforschungen der Polizei nicht geklärt werden. So ließ sich nicht feststellen, wer das Gedicht von Joseph von Eichendorff an Anton geschickt hatte. Auch die Befragungen von Paul Schwarz und seiner Tochter Carolin führten zu keinem weiteren Ergebnis. Paul lehnte jedoch jeden weiteren Kontakt mit mir ab und verbot auch Carolin den Umgang mit mir. Nachdem die polizeilichen Ermittlungen endlich eingestellt worden waren, nahm ich ein letztes Mal das Päckchen meines Vaters in die Hand. Seiner verbogenen Nickelbrille gab ich den Rest, indem ich sie bis zur Unkenntlichkeit verformte. Die Gedichte von Joseph von Eichendorff und Nestroy sowie das selbstgefaltete Notizbuch zerfetzte ich in winzig kleine Einzelteile und warf sie in den Müll.

Nur die goldene Taschenuhr von Opa Wilhelm behielt ich als einzige Erinnerung an meine geliebten Großeltern.

Mit therapeutischer Hilfe gelang es mir schließlich meine Vergangenheit aufzuarbeiten. Ich befolgte den Rat meines Psychologen, suchte mir eine neue Wohnung und begann, mir ein soziales Umfeld aufzubauen. Das war zunächst sehr schwierig für mich, aber als der erste Schritt gemacht war, wusste ich, es konnte nur besser werden.

Danksagung

Den Mitgliedern der Schreibwerkstatt bei „Alles wird schön", danke ich für ihre wohlwollende Kritik während der Arbeit an diesem Roman.

Mein besonderer Dank gilt der Leiterin der Schreibwerkstatt, Kerstin Brockmann.

Von ihr stammt die Schreibanregung nach dem Roman „Nachgetragene Liebe", von Peter Härtling, aus der ein völlig eigenständiger Roman entstanden ist.

Mein größter Dank gilt meinem Sohn, Alexander, der mir stets mit Rat und Tat zur Seite steht.